Thomas de Padova

NONNA

Hanser Berlin

1. Auflage 2018

ISBN 978-3-446-25857-0

Umschlag: Anzinger und Rasp, München,
Motiv: © FoodCollection/PhotoCuisine RF/123RF.com (Kakteenfrüchte), © plainpicture/Philip Provily (Stuhl)
Satz im Verlag
Druck und Bindung: Friedrich Pustet, Regensburg
Printed in Germany

FSC
www.fsc.org
MIX
Papier aus verantwortungsvollen Quellen
FSC® C014889

NONNA

Unter dem Portal bleibt er stehen. Auf seinem Kopf ein dunkles Barett, sein Oberkörper wirkt gedrungen. Der hohe Bund der Hose lässt ihn unnatürlich kurz erscheinen. Hinten und an der Seite ist sie mit tiefen Taschen versehen, für Spachtel und Maurerkelle. Jetzt stecken Zigaretten darin.

Er hat zuletzt noch öfter danach gegriffen als sonst und hält auch jetzt einen glimmenden Stummel in der hohlen Hand, während er ins Innere der Kirche sieht. Beim Altar brennen Lichter auf einem Opferkerzentisch. Die Bänke sind leer. Nur in der ersten Reihe zeichnen sich die Silhouetten einiger Personen ab, drei auf der einen und eine auf der anderen Seite. Reglos sitzen sie da. Sie warten auf ihn.

Der Amerikaner, wie ihn alle im Dorf rufen, kehrt ihnen den Rücken zu und schaut die Straße entlang, über die er gekommen ist, als würde er an diesem Novembermorgen selbst noch auf jemanden warten. Doch da kommt niemand. Irgendwann lässt er den Zigarettenstummel auf den Treppenabsatz fallen, ballt beide Hände zu Fäusten und schließt die feucht gewordenen Augen.

Als er sie wieder öffnet, sieht ihn sein Großvater an, sein Nonno. Ihn also haben sie vorgeschickt! Mit dem kurz geschorenen Haar und jenem spitzen Ansatz, an dem man alle Männer in der Sippe erkennt, die Augen milchig, die Lippen blass, unter dem glattrasierten Hals eine von silbernen Fäden durchwirkte Krawatte.

Schweigend tritt sein Nonno an ihn heran, legt die Hand an seinen Arm und steht nun gemeinsam mit ihm unter dem Portal, unter einem Architrav mit dem lateinischen Schriftzug: »Pulcrum reddre templum vota vovere migrantes. Factis non verbis, contribuere simul.« Den Tempel schön zu gestalten, gelobten die Migranten. Mit Taten trugen sie bei, nicht mit Worten.

Mitte der 1920er Jahre, die Familie war soeben aus Amerika zurückgekehrt, spendete auch sein Vater für die Ausschmückung der Kirche. Heute bleibt er ihr fern, am Tag der Hochzeit seines Sohnes, die er selbst angeordnet hat.

Mit einem Machtwort? Ihrem Willen hat er sich gebeugt, nachdem sie wie eine Furie mit dem Messer auf seinen Sohn losgegangen war. Jetzt sitzt sie in der ersten Reihe und trägt einen dunklen Mantel anstelle des Brautkleids, an dem sie so lange gearbeitet hat.

Er ringt nach Worten, will seinem Nonno etwas sagen, da spürt er, wie dessen Hand seinen Oberarm umfasst. Und mit einer Bestimmtheit, die etwas absolut Zwingendes hat, führt der Vater seines Vaters ihn in die Kirche, den Amerikaner, der nicht weiß, ob er dem alten Mann an seiner Seite folgen oder weglaufen will, ob er ihn liebt oder hasst. Er weiß nur, dass er nichts versteht. Nicht einmal, warum er hier ist.

Noch bevor die Zeremonie beendet und der Segen gesprochen ist, erscheint er wieder unter dem Portal, doch diesmal bleibt er nicht stehen, sondern geht in seinen klobigen Schuhen mit schnellen Schritten die Treppe hinunter, über den Vorplatz und dann die Kirchstraße entlang bis zur Kreuzung, wo er kurz innehält und sich fragt, ob er den längeren Weg ums Dorf herum nehmen soll, um nach dem Spießrutenlauf der letzten Tage niemandem mehr zu begegnen, entscheidet sich jedoch für den *corso*, denn es ist schon spät, er beginnt zu laufen, die Dorfstraße hinunter, bis er den Bus erblickt, der gerade in Richtung Foggia abfährt, nachdem im letzten Moment noch eines dieser Schwarzhemden aufgesprungen ist, woraufhin er noch schneller rennt und die Mütze schwenkt, denn er will unbedingt zur Baustelle, nach Foggia, weg von hier, weit weg, Gott weiß wohin, doch der Fahrer sieht ihn nicht, auch das Faschistenschwein will ihn nicht sehen, und als er die Haltestelle endlich erreicht, biegt der Bus bereits auf die Landstraße ein.

»*Merda!*«

Er wirft das Barett in den Staub und verflucht den Vater, der ihn hierher geschleppt hat in dieses Drecksnest, dieses Scheißkaff, wo die Leute am Morgen ihre Pisse auf die Straße schütten, wo die Weiber hinter ihren Gardinen gaffen, bis sie irre werden, und sich das Schicksal an einer vermaledeiten Türschwelle entscheidet.

1

Meine Nonna trägt immer Schwarz. Seit ich denken kann. Wenn ich sie im Sommer in Süditalien besuche, habe ich kurzärmelige Hemden und Shorts, Badehose und Flip-Flops in meinem Koffer. In Mattinata, dem Geburtsort meines Vaters, erwarten mich Sonne, Meer und weiße Adriastrände. Und meine Nonna in schwarzer Kluft.

Als kleiner Junge konnte ich diese dunkle Gestalt, von der es hieß, sie sei meine Oma, nur schwer einordnen. Mit Beginn der alljährlichen Sommerferien lebte ich plötzlich zusammen mit meinen Eltern und meinen beiden Schwestern unter ihrem Dach. Ihr Andersseins spürte ich bereits, bevor mir bewusst wurde, dass sie eine andere Sprache sprach als meine Verwandten in Deutschland.

Die längste Zeit des Tages saß sie in ihren vielschichtigen Kleidern auf einem Stuhl: vom Kopftuch, das ihr kurzes, silbergraues Haar bedeckte und ihre hängenden Augenlider einfasste, bis hinunter zum Rocksaum, unter dem dicke schwarze Wollstrümpfe und ausgetretene Hausschlappen hervorschauten. Sie betete, verrichtete Hausarbeiten, verteilte Aufträge. Ihr fokussierter Blick folgte meinen Bewegungen und dem Geschehen in der Wohnung wie ein Schatten.

Mein Nonno starb, als ich sieben Jahre alt war. Fortan dachte ich, meine Nonna trüge Schwarz aus Trauer über den Verlust ihres Mannes. Längst hatte ich den Trauerflor auch bei anderen Frauen in Mattinata bemerkt. Übers ganze Dorf verteilt saßen sie auf Holzstühlen vor den weißen Häusern. Allein, in Zweier- oder Dreiergruppen hockten sie da wie Krähen auf der Stange, schwatzten und hüteten das Gedenken an die Verstorbenen.

Später wurde mir klar, dass meine Nonna dieselbe Rolle in der Dorfgemeinschaft einnahm wie sie: die der ehrbaren Witwe, die die Trauer als christliche Lebensform praktiziert. Doch warum hatte sie den Kleiderwechsel schon vor dem Eintritt in die Witwenschaft vollzogen? Warum hatte sie bereits Schwarz getragen, als ihr Mann noch lebte?

Im Ort sah man sie selten. Meine Nonna blieb im Haus. Statt draußen vor der Tür saß sie fast immer drinnen in ihrer Wohnstube. Und wie sie so dasaß in dem hohen Raum vor einer kalkweißen Wand, die Hände in den Schoß gelegt, hatte sie etwas von einer Statue an sich. Noch in meiner Jugend, in der ich selbst eine schwarze Phase existentieller Trostlosigkeit durchlief, starrte ich sie manchmal wie gebannt an. Sie kam mir wie ein Relikt aus der Vergangenheit vor, eine Frauenfigur, die mir unbekannte Zeiträume durchlebt hatte, eine Hüterin dunkler Erinnerungen.

Abgesehen von meiner Nonna ist das Italien meiner Kindheit in blaues Licht getaucht. Ich schaue auf Sommerwochen am Meer zurück, in denen ich mit meiner Luftmatratze auf den Wellen ritt und unter ihnen hindurchtauchte. Unermüdlich ließ ich mich von der Brandung ans Ufer spülen, um mich herum wirbelnde Luftblasen, das Rasseln der Kieselsteine, badende Kinder. An Mattinatas Stränden fühlte ich mich geborgen.

Frage ich meine Nonna nach einem Ort, nach dem sie

sich sehnt, hat sie nicht das Meer vor Augen. Sie trägt keinen Sommer in sich, sondern das verblichene Bild einer frommen Mutter, mit der sie als kleines Mädchen gemeinsam betete. Ihre Mutter, die ihrerseits ohne Mutter aufgewachsen war und schon als junge Frau Schwarz getragen hatte, starb kurz nach Ende des Ersten Weltkriegs, als meine Nonna gerade sieben Jahre alt geworden war. Über fast ein Jahrhundert hinweg hat sie sich mit ihr verbunden gefühlt. »Wenn ich noch einmal zu leben hätte, würde ich ins Kloster gehen.«

2

Wieder nähert sich der Bus dem Gargano, dem Sporn des italienischen Stiefels. Hinter mir liegt die fruchtbare Ebene von Foggia, ein schier endloses Tafelland, in dem knapp die Hälfte der Tomaten reifen, die die Italiener Jahr für Jahr konsumieren. Vor mir ein Kalksteinmassiv, das steil aus der Ebene emporragt. Irgendwo dahinter muss das Meer sein.

Das weiße Gebirge, ausgewaschen vom gleißenden Licht, bildet einen Riegel zur Adria, als wäre es nachträglich ans Festland gesetzt worden. Tatsächlich gehört der Gargano, geologisch gesehen, nicht zum Apennin, sondern zum westlichen Balkan. Schon vor zwanzig Millionen Jahren, als weite Teile Italiens noch unter Wasser lagen, schaute er aus dem Meer heraus.

In völliger Abgeschiedenheit entwickelte sich hier eine ganz eigenartige Flora und Fauna. Wissenschaftler haben im

Gargano die Überreste eines Fünfhorns gefunden sowie die eines gigantischen Igels, so groß wie ein Wildschwein. Es war eine Insel wundersamer Kreaturen, die nach und nach verschwanden, als das Mittelmeer vor fünf Millionen Jahren austrocknete.

Seinen Inselcharakter hat der Gargano bis heute bewahrt. Seine entlegenen Bergdörfer sind Orte heidnischer Kulte und des Mönchtums, der Erscheinung von Erzengeln und Heiligen mit Stigmata. Über Straßen, die sich an steilen, kargen Hängen entlangwinden, ziehen Jahr für Jahr Abertausende Pilger zum Grottenheiligtum auf dem Monte Sant' Angelo und zur ehemaligen Wirkungsstätte Padre Pios, jenes wundmaltragenden Kapuzinermönchs aus San Giovanni Rotondo, der zu Italiens populärstem Heiligen avanciert ist.

Der Bus schlägt eine andere Richtung ein als die Wallfahrer. Seine Route führt nicht in Serpentinen hinauf ins Gebirge. Anders als noch in meiner Kindheit, als wir uns über ehemalige Eselspfade in langsamer Kurvenfahrt bergan in den Karst bewegten und der Küste später von oben entgegenrollten, das Blau der Adria mal rechter Hand, dann wieder linker Hand vor Augen, läuft die Straße heute geradewegs auf einen kilometerlangen Tunnel zu.

Plötzlich wird es dunkel wie vor Beginn eines Kinofilms, wenn der Vorhang zugezogen wird. Hinter mir erlischt Italien. Und noch ehe mein Herz am anderen Ende des Tunnels angelangt ist, wo das Dorf Mattinata aufscheinen wird, fliegen mir die alten Geschichten entgegen, als wären Vergangenheit und Gegenwart nur durch diesen schmalen Stollen voneinander getrennt: erinnerte Geschichten aus Kindheit und Jugend, in denen ich jeweils für etwa drei, vier Wochen im Jahr einer anderen Welt angehörte, die dann die restlichen elf Monate in mir fortlebte. Weitererzählte Geschichten, die von Aufbruch und Ausharren handeln, von Männern, die von Mattinata fortgingen, und Frauen, die blieben. Geschichten von Entfremdung und Einsamkeit.

»Wann kommst du wieder?«

»Wir sehen uns im September.« Zu einer Jahreszeit, in der Feigen und Kaktusfrüchte reifen und der Ort sich fürs Patronatsfest schmückt, in der die ersten Strandbars abgebaut werden und die Sommerresidenzen sich allmählich leeren.

Es ist die alljährliche Reise zu meiner Nonna, die sich nie von ihren Traditionen entfernt hat. Sie ist fest eingebunden in die Geschichte des Gargano, verstrickt in tausend Angelegenheiten, von denen sich mein Vater, mein Großvater und meine Urgroßväter durch einen neuen Anfang in der Fremde losmachen wollten. Drei Männergenerationen, die sich mit einem Koffer voller Hoffnungen ins Offene hinausbegaben.

Meine Nonna hat sie alle überlebt. Sie ist die Einzige, die mir noch von meinen Urgroßvätern erzählen kann, die das Dorf und die Landarbeit hinter sich ließen, um ihr Glück in Amerika zu suchen; vom Aufbruch meines Nonno, den es noch spät in seinem Leben, in den 1960er Jahren, nach Deutschland zog, wo Handwerker wie er gesucht waren; und vom Weggang meines Vaters, der Mattinata bereits mit achtzehn verließ und dessen frühen Tod meine Nonna genauso wenig verwunden hat wie ich.

Mein Vater hatte immer nur Deutsch mit mir gesprochen. Meine ganze Kindheit und Jugend über war ich weder imstande, meine italienischen Verwandten zu verstehen, noch, mich ihnen verständlich zu machen. Mit Beginn meines Physikstudiums belegte ich dann Italienischkurse an der Universität Bonn, las Bücher italienischer Autoren und schrieb mich für ein Studienjahr in Bologna ein, um das Land meiner Vorfahren kennenzulernen, von dem ich bis dahin kaum mehr als eine 6000-Seelen-Gemeinde an der Adriaküste gesehen hatte.

Das fette, gelehrte Leben *alla bolognese* glich in keiner Weise dem kargen, ländlichen Leben in Mattinata. Außerhalb der Vorlesungszeiten jobbte ich für eine Zeitarbeitsagentur, lief als *uomo sandwich*, als wandelndes Werbeplakat, durch die Arkaden der Bologneser Innenstadt, half Menschen bei Umzügen und Renovierungen. Mit meinen Ersparnissen ging ich auf Reisen, fuhr nach Padua und Venedig, Florenz und Rom, Siena und Neapel und dann per Anhalter bis hinunter nach Palermo, mit dem Schiff nach Stromboli und Lampedusa, um irgendwann wieder im Gargano, dieser einzigartigen Bergregion, dem schönsten Abschnitt der italienischen Adriaküste, anzukommen, vor meiner schwarz gekleideten Nonna zu sitzen und enttäuscht festzustellen, dass wir uns nach wie vor kaum verständigen konnten.

Kurz vor Abschluss meines Studiums starb mein Vater. Unmittelbar nach seiner Beerdigung im Rheinland fuhr ich nach Mattinata, mitten im Winter, diesmal auch ich in Schwarz, bereit, mit seiner Mutter zu trauern, und gewillt, das Familiengedächtnis wachzurufen, das meine Nonna mit sich herumträgt. Wie schon bei vorherigen Besuchen schnappte ich nur Satzbruchstücke auf, stieß aber auf ein Wörterbuch, das auf Mattinata und den Gargano eingegrenzt ist.

Mit diesem schmalen Bändchen machte ich mich daran, mir die Sprache meiner Nonna anzueignen, einen aussterbenden Dialekt. Ich erfuhr, dass das Verb *azzuppé*, das sie häufig verwendet, im Italienischen *guadagnare* (verdienen) bedeutet. Das mattinatesische *fatijé* steht für *lavorare* (arbeiten), meine Nonna sagt *vagnune* anstelle von *ragazzi* (Kinder) und *picc* statt *poco* (wenig).

Da sie nie zur Schule gegangen ist, hat sie allenfalls eine vage Vorstellung davon, was es bedeutet, eine fremde Sprache zu lernen. Frage ich sie etwa, was *a tutte vanne* heißt, wiederholt sie laut und schrill *a tutte VAAANNE*, als wäre es die größte Selbstverständlichkeit, dass *a tutte vanne* überall *a tutte vanne* heißt, dabei sagt man auf Italienisch *dappertutto* (überall).

Die Verständigung mit ihr ist mühevoll geblieben, eine Annäherung in kleinen Schritten. Doch Vokabel für Vokabel, Satz für Satz hoffe ich, die Lücken zu schließen und die Wehmut über all die nicht geführten Gespräche zu lindern.

»Wann kommst du wieder?«

»Wir sehen uns im September.«

Eine Markierung im Zyklus der Zeit, die immer wieder aufs Neue danach fragt, was erinnert und wie es erzählt wird, was verschwiegen und was mir womöglich für immer rätselhaft bleiben wird. Und wo ich meinen eigenen Platz finde in dieser zerklüfteten Familiengeschichte, die wie die Felsformation des Gargano ins Meer der Gegenwart hineinreicht.

3

Das Haus meiner Nonna ist das letzte in einer kurzen, ansteigenden Straße. Es schließt die Zeile mit einem niedrigen Vorbau ab. In diesem Winkel liegt ihre Küche, eng und düster, hier sitzt sie oft bis in den Nachmittag hinein auf einem ihrer winzigen Holzstühle. Womöglich kauert sie auch jetzt hinter dem dunklen, mit einem Fliegengitter verhangenen Küchenfenster, das geradewegs zu der Kreuzung zeigt, auf der ich verschwitzt herumstehe und einen letzten Schluck aus der Wasserflasche nehme, die ich am Bahnhof in Foggia gekauft habe.

Das kalkweiße Dorf schläft in sengender Mittagsstille. Nur von einem Plakat lacht mich, altmodisch wie der Wirt einer Berliner Eckkneipe, der Sänger Antonello Venditti an, der irgendwann einen Auftritt in dieser Gegend hatte. Die angeschlagenen Titel, *Sotto il segno dei pesci* und *Sara,* gehörten wie Transistorradio und Kassettenrecorder zum Strandleben der siebziger und achtziger Jahre. Hinter dem verstaubten Transparent öffnet sich eine umzäunte Baugrube.

Ihr Küchenfenster ist undurchdringlich wie eh und je: ein kleines, graues Rechteck in einem hellen Mauervorsprung, vor dem eine angeklammerte weiße Plastiktüte tanzt. Wie ein Salamander in der Sonne harrt meine Nonna in ihrer Kammer aus, stumm und regungslos, bis sie eins wird mit ihrer Umgebung, als würden Wachheit und Schlaf ineinanderfließen. Sie wird sich nicht zu erkennen geben, wird sich nicht rühren, ehe ich nicht vor der Haustür stehe und nach ihr gerufen habe.

In Erwartung meiner Ankunft wird die Erinnerung sie weit zurückgetragen haben, in die Zeit vor dem Tod meines Vaters, zu jenen drei oder vier Wochen im Jahr, in denen wir ihre Wohnung zu unserem Ferienlager machten, in denen es laut und lebendig war, wo jetzt Stille herrscht. Schon damals trat sie nicht vor die Tür, wenn wir mit dem Auto vorfuhren und uns nach vierundzwanzigstündiger Reise nacheinander aus den feuchten Kunststoffsitzen unseres weißen Ford 17 M schälten. Meine Nonna wartete drinnen in ihren schwarzen Kleidern, ein goldenes Amulett um den Hals.

Wir begrüßten sie einer nach dem anderen, meine Mutter und meine beiden Schwestern oft vorneweg, dann mein Vater. Möglich, dass sie in mir nun diesen zögerlichen, unentschlossenen Jungen wiedererkennt, der sich ihr damals, beim Antreten der Familie, als Letzter näherte, die Furcht in den Augen, die ihrem festen Kniff in meine Wange vorausging. Noch heute habe ich Mitleid mit den *bambini* Süditaliens, den vielen unschuldigen Opfern dieser permanenten Kneiferei.

Seinerzeit schlug ich einen Bogen um meine Nonna, weil mir ihre rauen Gesten und kreischenden Laute unheimlich waren. Sie dagegen machte sich aus meiner einmal offenbarten Scheu einen Spaß, kniff mich noch häufiger und kräftiger in die Backe als meine Schwestern. Geriet ich in die Nähe ihre Stuhls, gab sie das Ungeheuer, riss beide Arme hoch und schrie: »*U papònne!*« In der dunklen Küche: »*U papònne!*« Im finsteren Kelleraufgang: »*U papònne!*« Ständig gaukelte sie mir vor, ein Gespenst würde sein Unwesen im Haus treiben, vor dem ich mich freilich weniger fürchtete als vor ihr.

Der Spuk ist vorüber. Doch etwas Ungewisses und Düsteres ist bis zum heutigen Tag geblieben.

Ich stecke die Wasserflasche zurück in den Rucksack und schaue, geblendet von der Lichtfülle des Septemberhimmels, über Olivenhaine zum Meer hinunter. Von zwei Felsvorsprüngen eingerahmt, liegt die Bucht, Kulisse zahlloser Fotos aus den Familienalben, in ihrer ganzen Schönheit vor mir. Alles sieht noch so aus wie vor dreißig, vierzig Jahren. Nur drei funkelnagelneue Müllcontainer in einer Biegung der Straße, die zum Meer hinunterführt – Gelb für Plastik, Weiß für Papier, Grün für Glas –, passen nicht ins Bild.

Seit eh und je lag eine Müllhalde in dieser Kurve. Dort warfen die Dorfbewohner all das ab, was sie nicht mehr gebrauchen konnten: Blecheimer und Bauschutt, Matratzen und Fernsehgeräte, Plastikflaschen und Unterwäsche. Auf dem Weg zum Strand gab es mehrere solcher Schuttabladeplätze. Umso drolliger wirkt das Arrangement der farbigen Container, deren einziger Sinn und Zweck darin zu bestehen scheint, deutlich zu machen, dass an dieser Stelle für den eigentlichen Müll kein Platz mehr ist.

Ziellos wehen Blütenblätter und Eispapier, Zigarettenschachteln und Plastiktüten über den Asphalt bergan. Tag für Tag sammelt sich solcher Unrat vor dem Haus meiner Nonna und wirbelt auf dem Vorplatz ihrer Küche herum. In ihrem Winkel hat sie sich vom Meer abgewandt. Ihr Küchenfenster zeigt auf jene Straßenflucht, die aus dem Ort direkt auf das Haus zuläuft.

Gleich werde ich das gleißende Licht und das glitzernde Blau des Meeres gegen das Halbdunkel ihrer Wohnung eintauschen. Meine Nonna wird mich in die Wohnstube, den *salotto*, hereinbitten, kein Licht einschalten, mir keinen Kaffee, kein kühles Getränk und auch sonst nichts anbieten, weil es in ihrem Haushalt nichts anzubieten gibt. Sie wird mir auch keine Fragen stellen, sondern mir ohne Umschweife und ganz selbstverständlich jenen Platz in ihrem Alltag einräumen, den ich schon so oft für die Dauer eines Sommerurlaubs eingenommen habe.

Links über mir, hinter einem schmiedeeisernen Balkon, zieht jemand den Vorhang ein Stück zurück. Vielleicht eine jener Bekannten meiner Nonna, die sich am Nachmittag manchmal zu ihr setzen und den Rosenkranz mit ihr beten? Hinter der Brüstung regt sich nichts mehr.

Eben erst bin ich, mehr als tausendsiebenhundert Kilometer von meinem Wohnort Berlin entfernt, glücklich aus dem Bus gestiegen und habe den unverwechselbaren Geruch des Ortes wahrgenommen, den würzigen Duft, den der allgegenwärtige Rosmarin und andere Kräuter verströmen, und einen mir ebenso vertrauten Hauch verbrannter Erde. Plötzlich aber fühle ich mich klein am Fluchtpunkt der zu mir abfallenden Straße, an der nichts unbeobachtet bleibt, wo immer jemand hinter einem Vorhang sitzt und nach draußen schaut.

Die Glocken läuten. Zwei hohe Töne, ein tiefer Schlag. Dann wieder das unablässige Ts-Ts-Ts der Zikaden.

4

Meine Nonna ist klein, noch kleiner, als ich sie in Erinnerung hatte. Als sie zum ersten Mal von ihrem Stühlchen aufsteht, reicht ihr Kopftuch gerade bis zur Türklinke. Ist sie wieder ein wenig geschrumpft?

Ich weiß nicht, was sie vorhat. Vermutlich hätte ich diesen Gang für sie machen können. Sie hätte mich dirigieren können, was sie in den kommenden Tagen auch unbeirrt tun wird. Jetzt aber stützt sie sich auf ihr Gehgestell und schlurft durch die Wohnung. Ihren krummen Rücken wie den Panzer einer Schildkröte tragend, schiebt sie das viel zu große vierrädrige Metallgestänge zielstrebig vor sich her. Sie geht so langsam, dass ich die Luft anhalte.

Offensichtlich macht ihr das Laufen noch mehr Mühe als im vergangenen Sommer. Da hätte sie die Gehhilfe an der Schwelle zum Schlafzimmer stehen lassen und sich den nötigen Halt an Tür und Kommode verschafft. Nun verschwindet sie mitsamt dem rollenden Gestänge im Schlafzimmer und zieht die Tür geschickt hinter sich zu. Ich höre, wie sie eine Schublade der Kommode öffnet, dann lausche ich nur noch meinem wieder einsetzenden Atem.

In der Wohnung sieht alles aus wie immer. Seit der Renovierung des Hauses vor dreißig Jahren hat nichts mehr seinen Platz gewechselt. Der kleine, krummbeinige Stuhl mit den weißen Farbflecken an den Füßen, auf dem sie eben noch gesessen hat, stand vom ersten Tag in Reichweite der Haustür. Sitz und Rückenlehne sind grün umhäkelt, darüber, eingeklemmt hinter einer Holztafel, auf der zwei Messinghände betend aneinanderliegen, kriecht ein Plastikzweig mit Efeublattwerk die Wand empor.

Rechts neben dem Stuhl die alte Singer-Nähmaschine. Eine Plastikdecke verhüllt ihr gusseisernes Gestell. Mit dieser Tretmaschine nähte meine Nonna früher Nachthemden, Schlafanzüge und Schuluniformen, am Ende des Zweiten Weltkriegs auch Regenmäntel aus den Fallschirmen der amerikanischen Soldaten. So bestritt sie ihren Lebensunterhalt.

Weiter im Uhrzeigersinn, an der Wand gegenüber der Haustür, prunkt die Vitrine: bunte Schnapsgläser in der obersten Reihe, darunter weiße Espresso-Tassen und Flitterkram, wie ihn jeder Gast bei italienischen Hochzeiten vom Brautpaar geschenkt bekommt, versilberte Tabletts, nie benutzte Kaffeekannen, Bilderrahmen und allerlei mit buntem Tüll umwickelte Bonbonnieren voller steinharter eingezuckerter Mandeln, Jahrzehnte alt. Ebenfalls stirnseitig die Eingänge zu den beiden Schlafzimmern und neben der Küchentür schließlich ein ausklappbarer Esstisch, auf dem ein Telefon steht sowie eine Uhr in hellem Holzgehäuse, deren Zeiger entweder stillstehen oder den Kirchturmglocken mehr als eine Stunde hinterherhinken.

Die Tür geht wieder auf, und mit der stickigen Luft aus dem fensterlosen Schlafzimmer strömt der Geruch nach Mottenpulver in die Stube. Mit winzigen Schritten bewegt sich meine Nonna zu ihrem Sitzplatz zurück, den Blick nach unten gerichtet, einen weißen Briefumschlag zwischen ihren blassen, zusammengepressten Lippen.

Als sie ihren Stuhl erreicht, legt sie zuerst das Kuvert auf der Nähmaschine ab, hält sich an der Lehne eines zweiten, eigens dazu postierten Hilfsstuhls fest, dreht sich langsam um, bis ihr Rücken so zur Wand zeigt, dass sie nunmehr mit der zweiten Hand den stabilen Rahmen der Nähmaschine erreicht. Gestützt auf die beiden assistierenden Möbelstücke lässt sie ihren Körper auf den grünen Bezug fallen und hat endlich ihre sichere Position neben der Haustür zurückerobert, von der aus sie nacheinander zuerst den dienstwilligen Lehnstuhl, danach das Gehgestell beiseiteschiebt und nach der Briefhülle greift, um sie mir in die Hand zu drücken.

»Was ist das?«

»Legg!« Lies!

Der Umschlag enthält weißblaue Computerausdrucke: Telefonrechnungen der zurückliegenden Jahre. Unwillkürlich sortiere ich die Zettel dem Datum nach, nicht ahnend, was meine Nonna dazu veranlasst, mir gleich nach meiner Ankunft, kaum dass die ersten Sätze der Begrüßung gesprochen sind, einen Stapel Quittungen zu überreichen.

Sie zurrt an den Zipfeln ihres Kopftuches und schaut mich erwartungsvoll an.

»Siehst du, wie teuer das Telefon ist?«

Die Hände im Schoß verschränkt, starrt sie mich aus wässrigen Augen an. Eine Weile sitzen wir einander stumm gegenüber. Ihr Blick ist wie von Angst gelähmt. Und mir wird bewusst, für wie wenige Waren und Dienstleistungen sie über weite Strecken ihres Lebens bezahlen musste.

Abgesehen davon, dass ihr Vater Bauer war und die Familie mit Obst und Gemüse, Getreide und Öl versorgte, half man sich in der weitläufigen Verwandtschaft und unter Nachbarn mit Gütern und Gefälligkeiten aus. Selten war

Geld im Spiel. Bis heute ernährt sich meine Nonna vorzugsweise von dem, was andere ihr vorbeibringen, darüber hinaus von Nudeln und frischer Milch, die sie im schattigen Luftzug ihrer Fensternische aufbewahrt. Auch jetzt steht eine Flasche Frischmilch auf der Fensterbank, wo sie bei Außentemperaturen von fünfunddreißig Grad oder mehr schlecht zu werden droht.

Vor Jahren fragte ich meine Nonna einmal, ob sie sich nicht einen kleinen Kühlschrank anschaffen wolle.

»Wozu brauche ich einen Kühlschrank? Ich bin alt und allein!«

Weil sie alt und allein ist, nimmt sie im Winter auch die Heizung nicht in Betrieb, obwohl sie unter der Kälte leidet, die durch die dünnen Fensterscheiben eindringt und über den Steinfußboden bis in die hintersten Ecken der feuchtzugigen Wohnung kriecht. In allen Zimmern sind Heizkörper installiert. Sie hängen unlackiert wie rostige Attrappen an den Wänden, die zugehörige Gastherme will meine Nonna nicht anschließen lassen. Lieber verbringt sie den Winter in der Küche, schlägt sich in Decken ein und hackt im Sitzen mit einem kleinen Beil Holzscheite. Damit facht sie ein wärmendes Feuerchen in einer Schüssel neben dem Herd an. Sobald der Frühling kommt, lässt sie die beim Heizen schwarz gewordenen Küchenwände weiß überstreichen – selbstverständlich von einem ihrer Verwandten.

Dass sie vor ein paar Jahren ein Telefon erwarb, grenzt an ein Wunder. Ihre Angehörigen und Nachbarinnen, alle hatten sie auf sie eingeredet, wie viel besser es wäre, wenn sie im Notfall zum Hörer greifen könnte.

»Ich hätte mir diesen Apparat niemals gekauft, wenn ich gewusst hätte, wie viel das kostet«, sagt sie nun. »Selbst wenn ich kein einziges Mal telefoniere, muss ich dieselbe Summe bezahlen. Ich habe es ausprobiert.«

Es fällt mir nicht schwer, mir vorzustellen, wie meine Nonna monatelang auf jegliche Telefongespräche verzichtet, um die für sie unbegreiflich hohen Gebühren zu senken. Ich selbst rufe sie etwa alle zwei Monate an.

»Wenn Gott will, halte ich noch ein Jahr durch«, sagt sie dann, und ich sehe sie vor mir in diesem düsteren Wohnzimmer. Jetzt kommt mir mein Wunsch, ab und an mit ihr zu sprechen, beinahe ungehörig vor. Mit ihren Rechnungen auf dem Schoß fühle ich mich wie auf einer Anklagebank.

»*Eh*«, ächzt meine Nonna, und die Spannung auf ihrem Gesicht löst sich. Allerdings nur für einen Augenblick. »Das Leben hier wird immer teurer. Weißt du, wie viel ich allein für den Müll ausgebe?«

Sie verkürzt das italienische *spendere* zum dialektalen *spènne*. Scharf klingt das doppelte »Z« aus *munnézze,* dem Müll. Weil sie ihrem Unmut mit Worten allein nicht genügend Luft machen kann, hat sie die Hände zu einem spitzen Dreieck zusammengelegt, das mehrmals nach vorne schnellt. In ihren fahlen Augen spiegeln sich Entrüstung und Hilflosigkeit. Es gibt für sie kein Entrinnen aus dem dichten Netz der Ausgaben für Telefon, Müll, Wasser und Strom.

Wenigstens braucht sie keine Miete zu zahlen. Wie neun von zehn Mattinatesern wohnt sie in ihren eigenen vier Wänden. Ihr Vater kaufte das Haus im Jahr 1936 für zwölftausend Lire, eine Summe, die fünfundsechzig Jahre später, zur europäischen Währungsumstellung, noch lumpige sechs Euro wert war. Jede einzelne der Rechnungen, die ihr die Telecom Italia alle zwei Monate zuschickt, fällt höher aus.

Plötzlich greift sie nach der Gardine und zieht sie gerade so weit zurück, dass sie durch einen Spalt nach draußen gucken kann.

»*Mariett*«, ruft eine weibliche Stimme.

Die Tür öffnet sich, und eine Nachbarin tritt ein. Sie trägt ein blaues, kurzärmeliges Kleid, das Silberhaar streng zurückgekämmt, und mag etwa zehn Jahre jünger sein als meine Nonna, der sie mit wohlwollendem Blick ein Plastikschälchen mit kleinen Birnen reicht. Auch sie ist Witwe. Ihr Mann, so hat mir meine Nonna erzählt, kam vor Jahrzehnten bei dem damals bereits geächteten Dynamitfischen ums Leben, weil ein Sprengsatz zu früh explodierte.

Jetzt streckt sie mir die Arme entgegen, Küsschen rechts, Küsschen links, erkundigt sich nach meinen beiden Schwestern und versichert mir, der Nonna gehe es gut.

»*Téne sette spirde cume la jatte*«, sie sei zäh wie sieben Katzenleben.

»Aber die Telefonrechnungen setzen ihr zu«, sage ich und wedele mit dem Papierbündel.

»Das war vom ersten Tag an so. Sie ruft niemanden an. Wenn sie etwas braucht, wartet sie, bis jemand vorbeikommt.«

Ein honigsüßer Duft legt sich über den Raum, während meine Nonna jede Birne einzeln prüft.

»Sie sind schön weich.«

»*Eh*, Mariett, deshalb habe ich sofort an dich gedacht!«

5

»Nur diese Dinge sollst du für mich erledigen: die Schränke abstauben und die Bilder abhängen, damit ich die Rahmen saubermachen kann, Streichhölzer und Nudeln einkaufen und mir bei einem kleinen Bankgeschäft helfen.«

Die Aufträge werden wie immer am ersten Ferientag verteilt. Seit zwanzig Jahren wische ich bei jedem Besuch über die mit weißem Kalkstaub bedeckten Schränke und nehme die Bilder von den Wänden. Vermutlich hat jeder ihrer Angehörigen individuelle, unübertragbare Aufgaben.

Auch die Streichhölzer sind Routine. In den Augen meiner Nonna haben sie einen hohen Wert, so hoch, dass sie abends einige davon unter ihr Kopfkissen legt. In ihrer Jugend lebte sie die längste Zeit des Jahres zusammen mit ihrem Vater Tommaso in einer Grotte auf dem Land. Die Felshöhle in Vignanotica war so feucht, dass sich die Schwefelhölzchen am Morgen oft nicht entzündeten und sie manchmal drei oder vier von ihnen brauchten, um Feuer zu machen. Streichhölzer waren teuer. Erst durch meine Nonna habe ich von dem Streichholzmangel erfahren, der phasenweise in Europa herrschte und den deutschen Erfinder Artur Fischer Ende der 1940er Jahre auf den Gedanken brachte, aus Kriegsschrott elektrische Feueranzünder zu basteln.

Mein Urgroßvater hatte sich damals angewöhnt, die Zündhölzer nachts unter sein Kopfkissen zu packen, damit sie möglichst trocken blieben. Bis heute hält meine Nonna an dieser Eigenart fest.

»So komme ich morgens mit einem Streichholz aus.«

Das Schreckgespenst für mich ist die Bank. Ich kann mich nicht mit dem Gedanken anfreunden, mit zerschlissenen Briefumschlägen voller Geldscheine durch die Sicherheitsschleuse der Bank zu gehen, in einem dunklen Warteraum zu verschwinden, weil man derlei Geschäfte nicht am Schalter erledigt, wo andere zuschauen könnten, und dort so lange auszuharren, bis ein Bankangestellter Zeit hat, sich der Sache anzunehmen. Da das Einzahlen höherer Geldbeträge gesetzlich reglementiert wird, ist zu befürchten, dass er die Unterschrift meiner Nonna haben will. Was tun, wenn er darauf besteht, dass sie persönlich vorbeikommt?

Irgendwie werde ich die Klippen der italienischen Finanzwelt schon umschiffen. Aber in den Stunden zuvor werde ich das Geld zählen, das meine Nonna in den vergangenen vier oder fünf Jahren gespart hat.

Im Laufe ihres Lebens hatte sie gelernt, mit Hundertern, Tausendern, später mit Hunderttausendern und schließlich Millionen zu rechnen. Durch das Anhäufen immer größerer Summen und die zwischenzeitliche Verlockung zweistelliger Zinssätze war es ihr manchmal so vorgekommen, als mehre sie einen großen Schatz, den sie eines Tages an ihre Nachkommen vererben würde.

Das Ende der großspurigen italienischen Währung war für sie ein Einschnitt, wie er drastischer kaum hätte sein können. Die Lira war zum Zeitpunkt ihrer Abschaffung nur noch 0,00052 Euro wert. Einer der Packen aus Tausend-Lire-Scheinen, wie meine Nonna sie mit dicken Wollfäden zusammenhielt, entsprach in der neuen Valuta gerade einem Zwanziger.

Ich dachte damals zunächst: Ein Segen für all die Italiener, die in der Schule über das kleine Einmaleins nicht hinausgekommen sind, die nicht mit großen Zahlen rechnen können, weil sie davon nur eine unscharfe Vorstellung haben! Nun wird ein ganzes Volk von seinem schweren numerischen Erbe befreit und wieder in Einklang mit den Zahlengrößen gebracht. Ein Segen also erst recht für meine Nonna, die nie eine Schule besucht hat und die Vorteile der neuen Währung schnell zu schätzen wissen wird.

Doch die neue Währung kam für sie zu spät. Auch Jahre nach der Währungsumstellung nimmt sie das Wort Euro nicht in den Mund. Der Fünfziger ist für sie der Hunderttausend-Lire-Schein, der Zehner gilt zwanzigtausend, alles, was kleiner ist als fünf Euro, gibt sie aus der Hand, ohne den Wert der Münzen zu kennen.

Sie hat nur noch eine ungefähre Vorstellung davon, was ein Liter Milch oder ein Kilo Nudeln kosten. Früher schickte sie mich, wenn sie etwas brauchte, auf den Markt, nachdem sie sich bei den Nachbarinnen über günstige Angebote informiert hatte. Obwohl sie das Haus nicht mehr verließ, hatte sie die volle Kontrolle über das Warensortiment des Ortes und kannte die Preisdifferenzen zwischen Wochen- und Supermarkt genau.

Bis zur Währungsumstellung. Über Nacht brach ihr Finanzwesen in sich zusammen. In den ersten Wochen und Monaten kämpfte sie verzweifelt darum, ihre Autonomie zurückzuerlangen. Aber je häufiger ihr Nachbarn und Familienangehörige den Wert der Geldmünzen und Banknoten erklärten, desto unsicherer fühlte sie sich. Schließlich ließ sie den Euro Euro sein und konzentrierte sich darauf, die Scheine der Farbe nach zu sortieren und einem Lirebetrag zuzuordnen. So hat sie immerhin einen gewissen Überblick über größere Ausgaben und das, was sie zur Seite legt.

Während sie bei kleinen Einkäufen inzwischen nicht mehr nach den Preisen fragt, ist sie in zinsträchtigen Geldangelegenheiten noch misstrauischer, noch despotischer geworden. Bei dem »kleinen Bankgeschäft« werde ich nicht nur in Lire rechnen müssen, sondern auch damit, dass ich meine Nonna wieder einmal unausstehlich finde. Das muss nicht gleich zu Beginn des Aufenthalts sein.

Als weniger problematischer Einstieg erscheinen mir die Nudeln, obschon ich noch nie Pasta für sie gekauft habe. Vermutlich erledigte das bislang eine Nachbarin für sie. Aber viele der Frauen, die früher täglich auf ein Schwätzchen zu ihr kamen, sind inzwischen krank, pflegebedürftig, fortgezogen, gestorben.

»Ich besorge die Nudeln gleich heute.«

Meine Nonna greift nach einer Plastiktüte, holt ein schwarzes Portemonnaie daraus hervor, öffnet den Schnappverschluss und kramt in den Fächern herum.

Früher machte sie die *pasta* selbst, rollte einen frischen Teig mit dem Nudelholz aus, schnitt von langen Würsten kleine Scheibchen ab, *ciuciulicchie* genannt, die sie mit Zeige- und Mittelfinger über eine Messerspitze rollte. So entstanden *orecchiette,* die Ohrmüschelchen, im Dialekt *li recchietelle,* zu denen sie Brokkoli und Sardellen auftischte. Für die *maccheroni* dagegen, *li maccarune a firre,* durchstach meine Nonna die *ciuciulicchie* mit einer Stricknadel. Sonntags wurden sie dann mit einer stundenlang auf kleiner Flamme eingedickten, duftenden Fleischsauce übergossen.

Eines Nachts jedoch, es muss etliche Jahre her sein, sei ihr Gott im Traum erschienen und habe ihr aufgetragen, kein Fleisch und keinen Fisch mehr zu essen. Meine Nonna hat sich daran gehalten. Wenn sie heute *pasta* zubereitet, kocht sie winzige Nüdelchen in einer klaren Brühe.

Mir drückt sie zwei blaue Schnipsel in die Hand, die sie aus alten Nudelverpackungen herausgerissen hat.

»Schau, was da draufsteht!«

»*Tubetti* Nr. 64 und *stortini bucati* Nr. 67.«

»Kauf mir davon jeweils zwei Packungen, jeweils ein halbes Kilo!«

So weit der Anfang ihrer Bestellung. Noch denke ich, ohne Einkaufszettel auszukommen, aber es folgt eine lange Auflistung weiterer Nudelsorten.

»Meine Cousine ist im Supermarkt, die weiß Bescheid.« Womit auch geklärt wäre, wo ich einkaufen soll.

Ich rekapituliere alles und ziehe los in Richtung Supermarkt, bereits ahnend, dass die Cousine nicht dort sein wird, wenn ich ankomme. Von ihren vier Söhnen, die allesamt im Geschäft arbeiten, kennt leider kein einziger die dialektalen Bezeichnungen, die meine Nonna gebraucht, woraufhin unter den Kundinnen eine Diskussion darüber entbrennt, welche Nudeln am besten für *pastina in brodo* geeignet sind, wie ich die Zielvorstellung meines Einkaufs umschrieben habe.

»Nimm *vermicelli*!«, sagt eine Frau mit langem Haar und schmalem Gesicht, die ihren Kopf ähnlich schräg hält wie eine von Sandro Botticelli gemalte Madonna. Die Würmchen seien gut für die Verdauung.

»Aber wie soll man denn aus *vermicelli* eine Nudelsuppe machen?«, schaltet sich energisch eine toupierte Rothaarige ein, nimmt ihre Sonnenbrille ab und kratzt sich lustvoll am Nacken. »Eine alte Frau braucht eine Pasta, die leicht zu essen ist, *anellini* zum Beispiel, das sind die Richtigen.« Während sie zu der Packung mit den Ringlein greift, schaukeln ihre Goldkette und der Goldrand ihrer Brille über den bunten Blumenapplikationen einer tief ausgeschnittenen, mintgrünen Bluse.

Der junge Verkäufer in der weißen Kittelschürze, der mit mir an den Nudelregalen vorbeistreift, sieht genauso ratlos aus wie ich und geht – »*Scusate*« – zurück zur Käse- und Wursttheke.

Drei, vier Meter entfernt legt eine außergewöhnlich große, dunkelhaarige Frau mit ärmellosem Schürzenkleid und kräftigen Oberarmen ein paar Packungen *tortiglioni* in ihren Korb. Dann wankt auch sie zu mir herüber und empfiehlt *ditalini* für die Nudelsuppe. »Die da, die da unten, die Nummer 61. Ich kaufe sie, wenn meine Nichten und Neffen zu Besuch kommen.«

Als ich gerade danach greifen will, tritt schließlich eine Frau mit grauem Kräuselkopf hinzu, die sich als *Risabbett*, als Verwandte meiner Nonna ausgibt.

»Erinnerst du dich nicht?«

Ich ziehe die Schultern nach oben.

Die Schwester von *Mariarit* sei sie!

Ich kenne auch keine Margherita.

»*La migghiere di Cilistrine!*«

Die Frau von Celestino? Fehlanzeige!

»*Figghie mie!* Wir haben deine Nonna immer besucht, als sie in der Via Zuppetta wohnte!«

Endlich fällt ein Stichwort, mit dem ich etwas anzufangen weiß: die *Via Zuppetta,* die »Süppchenstraße«. Dort wohnte meine Nonna für etwa zwei Jahre, als ihr Haus umgebaut und so aufgestockt wurde, dass mein Vater eine kleine Ferienwohnung darüber einrichten konnte. So eng und schmal ist diese »Süppchenstraße«, dass man mittags und abends meinte, die Nachbarn von gegenüber säßen mit am Esstisch.

Ein paar Geschichten von damals werden aufgewärmt, dann klappert sie die Nudelregale mit einem mir unheimlichen Pragmatismus ab.

»Es ist alles dieselbe Pasta.« Sie müsse nur klein sein, *pecceninne.* Bückt sich, nimmt zwei Packungen hiervon, zwei davon und füllt im Handumdrehen meine beiden Einkaufskörbe.

»*Basta! Basta!*«, bremse ich sie. »Wer soll denn das alles essen?«

»Mach dir keine Sorgen, die isst sie schon!«

Ich verlasse den Laden mit *capellini* Nr. 16, *pennette* Nr. 19, *ditalini* Nr. 61, *anellini* Nr. 74, dazu *corallini* Nr. 31 und glasdünne *vermicelli* sowie die gewünschten *tubetti* Nr. 64 und *stortini bucati* Nr. 67. Letztere geben mir eine gewisse Sicherheit, dass ich nicht völlig danebenliege.

Nonnas Miene verrät darüber nichts.

Risabbett habe mir geholfen! Die Schwester von *Mariarit*! Die Frau von *Cilistrine*!

Sie begutachtet die sechs Kilo Nudeln Packung für Packung, ohne auch nur ein einziges Mal das Gesicht zu verziehen.

6

Wer kann am längsten auf dem Hinterreifen fahren? Wer ist der Schnellste? Nach einer Nacht der auf und ab knatternden *motorini* erwache ich im feuchtwarmen Bett. Vergeblich drücke ich mein Ohr in das viel zu hohe Kopfkissen, an das sich mein Nacken erst wieder gewöhnen muss. Jetzt kommt der Lärm aus der Etage unter mir, aus der Wohnung meiner Nonna.

Durch die Lamellen der Fensterläden fällt Licht ins Zimmer. Es ist 5 Uhr 45.

Meine Nonna steht immer so früh auf, stützt sich auf einen Stuhl und schiebt ihn bis zum Badezimmer vor sich her, wobei der stumpfe Steinfußboden ein markerschütterndes Quietschen an sämtliche Wände und Decken überträgt. Mit angespanntem Kiefer warte ich auf das erlösende Decrescendo.

Endlich das Knarren der Badezimmertür. Noch ein Ruckeln. Draußen Vogelgezwitscher.

Ein rhythmisches Klopfen ist das nächste Intermezzo.

Dumm, dumm, dumm!

Über ihr Bett gebeugt, schlägt meine Nonna mit flacher Hand die Matratze aus. Ihr frühes Tagwerk ist berechenbar wie eh und je. Seit ich mich erinnern kann, bearbeitet sie ihre Unterlage am Morgen vom Kopf- bis zum Fußende. Als kleiner Junge durfte auch ich mich mit einem Teppichklopfer daran austoben, während sie mich zu noch kräftigeren Schlägen anfeuerte.

»Forza! Forza!«

Dumm, dumm, dumm!

Da mir die Müdigkeit von der Reise noch in den Knochen steckt, gleite ich abermals in den Halbschlaf hinüber.

Mit den Worten des Pfarrers wache ich erneut auf: die Sonntagsmesse auf Radio Vaticano.

Unter der Woche spricht meine Nonna ihr Morgengebet für sich allein. Nur sonntags, wenn in der Dorfkirche, die für sie unerreichbar geworden ist, die Messe beginnt, schaltet sie gelegentlich das Radio ein, laut genug, dass ich jedes einzelne Wort verstehe. Eine Weile konzentriere ich mich auf die Worte des Pfarrers und folge ihm bis zum Beginn des Vaterunsers. Dann geht der direkte Draht nach Rom verloren.

Erst als die Kirchenorgel mit ihren Pfeifen einsetzt und kurz darauf die Glocken läuten, kapituliere ich vor der Hellhörigkeit des Dorfes.

In ihrer Wohnstube schlägt der Fensterrahmen gegen die Wand. Meine Nonna sitzt neben der Eingangstür und reibt ihr Knie mit einem Wattebausch ein. Auf der Nähmaschine steht ein Glasfläschchen mit einer trüben, gelbbraunen Flüssigkeit, in der ein paar Rosmarinzweige schwimmen. Feiner Sand hat sich auf dem Flaschenboden abgesetzt.

Schweigend schaue ich ihr dabei zu, wie sie den Wattebausch tränkt und damit über Knie und Unterschenkel fährt. Ihre Haut glänzt ölig.

Vor zwei, drei Jahren quälte sie ein Brennen und Beißen an der rechten Schläfe, das sie nachts kaum mehr schlafen ließ: eine Gürtelrose, *il fuoco di Sant' Antonio,* das Feuer des heiligen Antonius, wie sie es nannte. Sie behandelte es mit einer ähnlichen Kräutermixtur, einem Hausmittelchen, das ihr eine Verwandte gebracht hatte. Zwei rosafarbene Flecken im Gesicht sind von damals zurückgeblieben.

Nun setzt ihr das rechte Bein zu, auf das sie sich immer verlassen konnte, seit sie im Alter von sechs Jahren so schwer stürzte, dass sie sich die linke Hüfte brach. Niemand kümmerte sich darum. Fortan hinkte sie und war das linke Bein das »schlimme«, ein unablässiger Quell der Schmerzen. Erst 1960, mehr als vierzig Jahre nach ihrem Sturz, wurde sie im Krankenhaus in San Giovanni Rotondo operiert. Danach hatte sie ein ganzes Jahr lang mit wechselnden Gipsverbänden im Bett gelegen. Eine bis dahin unbekannte Kälte war ihr bis ins Mark gedrungen und nicht mehr aus den Knochen gewichen. Seither trägt sie auch im Sommer dicke schwarze Wollstrümpfe.

Woher die Schmerzen in ihrem rechten Bein kommen, weiß sie nicht. Einen Arzt hat sie nicht gerufen.

»Jeden Morgen bitte ich darum, dass Gott mir hilft und ich mein rechtes Bein wieder so nutzen kann wie vorher: *Signore, signore, signore, aiutami a portare la mia croce!*« Mein Gott, mein Gott, mein Gott, hilf mir, mein Kreuz zu tragen.

Als die Tinktur in ihre Haut eingezogen ist, lässt meine Nonna den feuchten Wattebausch in einer Plastiktüte verschwinden, zieht ihre Wollstrümpfe übers Knie und fixiert sie mit einem Strumpfband. Einem selbstgemachten

Strumpfband, hervorgegangen aus einer für sie typischen Verflechtung von Handarbeit und Vorratshaltung.

Im Haushalt meiner Nonna wird alles in Schonbezüge gepackt, umstrickt und umhäkelt: Matratzen und Decken, der Stuhl, auf dem sie sitzt, sogar die Griffe eines leeren Farbeimers, in dem sie ihr Brennholz aufbewahrt. Stoff- oder Wollreste wirft meine Nonna grundsätzlich nicht weg. Aus übriggebliebenen Baumwollstreifen nähte sie früher Strumpfbänder, wickelte sie um ihre Beine und band sie mit einer Schleife zusammen. Als dann elastische Strumpfbänder in Mode kamen, folgte meine Nonna dem Trend: Sie umhäkelte die breiten roten Gummis von Einweckgläsern, um sie über ihre Schenkel zu spannen.

7

Am Fuß des Dorfes liegt die Adria. Wie ein Seidenband in kühlem Blau, das in der Ferne satter und tiefer wird. Darüber wölbt sich wolkenlos der Himmel. Ich blinzle. Die Sonne glüht schon in den Morgenstunden. Erst am Horizont kommen meine Augen zur Ruhe.

Das verwinkelte Wohnviertel am unteren Ortsrand von Mattinata gibt diesen Blick zum Meer überraschend frei. Verschachtelt und geduckt stehen die weißen Häuser im Hang, mit engen Gassen, breiten Treppen und kleinen Plätzen zu einem Labyrinth verschmolzen, das Geborgenheit und Schatten spendet. Im milderen Nachmittagslicht werden die Bewohner ihre Stühle neben die Hauseingänge stellen.

Vor einer Tür, neben der ein vertrockneter Weinstock nach oben rankt, döst schon jetzt ein Mann mit schwarzem Schnauzer und zurückgekämmtem, gegeltem Haar. Seine kräftigen Arme hält er vor seinem nur mit einem Unterhemd bedeckten Bauch verschränkt. Als ich im Vorbeigehen grüße, schaut er aus schmalen Augenschlitzen gleich einer Katze zu mir auf. Außer ihm und einer jungen Frau, die Wasser in den Kübel einer buschigen, rotvioletten Bougainvillea gießt, begegne ich vor dem Abstieg niemandem.

Bergab komme ich nur noch mit Trippelschritten voran. Langsam nähere ich mich der Landstraße, die, vom Tunnel her kommend, um den Ort herum und dann weiter zum Meer führt. Auf der Straße reiht sich Stoßstange an Stoßstange. Der Tunnel wirft an diesem Sonntagmorgen ein Auto nach dem anderen aus, Pandas und Puntos, Tagesausflügler aus der Gegend. Staub, Abgase, heißer Asphalt.

Als ich die Straße gekreuzt habe und die von Steinmauern eingefassten Felder erreiche, liegt ein Geruch nach Ziegen in der Luft. Er wird von Schritt zu Schritt penetranter, bis hinter der nächsten Weggabelung ein Verschlag aus Maschendrähten, zusammenmontierten Lattenrosten und diversen Baumaterialien auftaucht. In diesem Gehege hält ein Ziegenhirte sein Vieh, einer der wenigen in dieser Gegend, die morgens noch mit dem Esel losziehen. Der erste Esel diente ihm achtundzwanzig Jahre lang, der Nachfolger nur vier oder fünf. Sein jetziger Begleiter, ein hochbetagtes Tier mit weißem Maul, steht angebunden im Schatten eines Ölbaums und zuckt reflexartig mit den Muskeln, um die Fliegen zu vertreiben.

Von nun an folgt ein Olivenhain auf den anderen. Überall schattenspendende Dächer aus Myriaden von Blättern, silbergraugrüne, blinkende Folien. In Zweier-, Dreier- und Vierergrüppchen stehen die knorrigen Bäume zusammen, die rissige Haut voller Runzeln, Knoten und tiefer Risse. Von den Stämmen der ältesten Bäume sind oft nur die äußeren Ringe übrig geblieben. Doch auch dieses dürftige Holzgerüst reicht aus, um Jahr für Jahr Hunderttausende zwittrige Blüten hervorzubringen, von denen einige später zu Oliven heranreifen.

Die Ölbäume wachsen auf steinigem Boden. Mal ist die Erde knochentrocken, keine hundert Meter weiter, wo zur Bewässerung der Felder schwarze Schläuche in langen Furchen liegen, ist sie tiefbraun. Am Wegesrand liegen Schichten länglicher vertrockneter Blätter. Während ich selbstvergessen in Richtung Adria trabe, höre ich außer dem an- und abschwellenden Gesang der Zikaden nur hin und wieder das Rascheln einer Eidechse, die blitzschnell in einer Mauerritze verschwindet.

Schließlich weht mich die salzige Luft des Meeres an, von dem mich nur noch eine Straße und überfüllte Parkplätze trennen. Und auf einmal bin ich mittendrin: schlagende Türen und Heckklappen, durcheinandergehende Stimmen von Kindern und ihren Eltern, beladen mit Schirmen und Kühltaschen, aufgeblasenen Delphinen und Plastik-Lkws. Am Strand angekommen, breiten sie ihre Handtücher da aus, wo am meisten los ist. Sie reden mit ihren Nachbarn und zwischendurch übers Handy mit den zu Hause Gebliebenen. Wenn die Kinder zum Meer drängen, folgen ihnen die Erwachsenen und bleiben, weiter miteinander plaudernd, in der prallen Sonne stehen, die Füße im kühlen Wasser.

Ich setze mich in die nächstbeste Strandbar und schaue aufs Meer hinaus, das in der Sonne glitzert. Als mir der Kellner einen Cappuccino und ein Glas Wasser bringt, bricht neben mir ein kleiner Junge in Tränen aus. Er hat sein Eispapier ungeschickt abgeleckt, sich Bauch und Badehose beschmiert und wird von seiner Mutter zum Liegestuhl gezerrt.

Inzwischen hat sich der Kellner eine Zigarette angezündet und sich an der Balustrade postiert. Genießerisch bläst er den Rauch aus und taxiert die resolute Mutter, eine dunkelhaarige Mittdreißigerin mit breiten Hüften und üppigem Busen. Danach gleitet sein Blick über die anderen Strandschönheiten auf den Liegestühlen hinweg, verliebt in all die Möglichkeiten, die ein Kellnerdasein am Meer an diesem sonnigen Tag bieten könnte. Auch als der Mann hinter der Bar ihn auf neue Gäste aufmerksam macht, lässt er sich nicht aus der Ruhe bringen. Mit aneinandergelegten Zeigefingern gibt er ihm zu verstehen, dass die beiden, die gerade Platz genommen haben, etwas miteinander haben und dass man sie nicht gleich stören sollte. Der Barkeeper zieht die Schultern hoch und dreht die Handflächen nach oben.

Die Liebe ist hier schon immer ein Thema gewesen, das keiner weiteren Erläuterung bedarf. Ich habe derartige Gesten bereits verstanden, als ich außer *gelato* noch kaum eine italienische Vokabel kannte. In der Konversation mit meiner Nonna hilft mir die bildhafte Sprache ihrer Hände und ihres Körpers bis heute über Verständigungsschwierigkeiten hinweg.

Auch meine eigenen Hände kommen beim Reden selten zur Ruhe. Selbst wenn ich in meiner Muttersprache spreche, steigen sie wie von selbst nach oben und malen etwas in die Luft, das niemand versteht, nicht einmal ich selbst. Wie damals in meinem Diplomvortrag über theoretische Elementarteilchenphysik: Während ich sprach, reichte mir jemand einen zwei Meter langen Holzstock. Damit zeigte ich auf die Sprossen einer Energieskala, auf welcher die von mir berechneten Energieniveaus der Partikel lagen. Am Energiemaximum angekommen, schnellte der Stock plötzlich wie von Geisterhand senkrecht nach oben und blieb geräuschvoll in einer Styroporplatte der Zimmerdecke stecken. Das Auditorium lachte. Sogar mein Professor, der Stunden zuvor zum Rektor der Universität gewählt worden war und in Gedanken wohl noch Gratulationen entgegennahm, blickte amüsiert in die Runde.

Seit jener Zeit hat sich die Küste stark verändert. Am vorspringenden Monte Saraceno, wo einige Felsen aus dem Wasser ragen und der Kies in grobkörnigen Sand übergeht, ist der Strand heute breiter denn je. Dort reihen sich von Jahr zu Jahr mehr Liegestühle auf.

Was die Strömung der einen Strandhälfte gegeben hat, das hat sie der anderen genommen. In der Nähe des Hafens und der Fischerhäuschen ist der Strand schmaler geworden. An manchen Stellen war er zwischenzeitlich völlig verschwunden, nachdem die Wellen im Winter Mauern und Zäune anliegender Campingplätze und Privatgrundstücke eingerissen hatten. Nun ragt zum Schutz gegen die Brandung ein Wall aus großen Steinquadern, die aus dem Tunnelbau stammen, ins Meer hinein. Jedes Frühjahr richtet die Gemeinde den Badestrand neu her.

In meiner frühen Kindheit kam meine Nonna manchmal mit zum Strand. Ein bisschen Sonne wäre gut für ihre Beine, meinte sie, gut gegen die Gelenkschmerzen und die immerwährende Kälte, unter der sie seit ihrer Hüftoperation litt. Wir packten sie ins Auto, rollten die zwei, drei Kilometer hinunter zur Küste und parkten direkt hinter den Fischerhäuschen. Dort angekommen, trugen wir ihr einen großen, schwarzen Schirm hinterher, eine grüne Nylontasche voller Decken und Handtücher sowie eine Zweiliterflasche süßliches Wasser, das sie kurz zuvor mit einem Eimer aus der Zisterne im Haus nach oben geholt hatte. All das legten wir in einem möglichst entlegenen Winkel ab, wo wir sie für die nächsten Stunden der selbstgewählten Einsamkeit überließen.

Meine Nonna saß immer allein am Strand. Niemanden wollte sie in ihrer Nähe haben, wenn sie ihre Beine bis hinauf zu den Oberschenkeln entblößte, während der restliche Körper weiter unter schwarzen Stoffschichten dampfte. Nur ab und an schaute meine Mutter vorbei, etwa unter dem Vorwand, ihr ein Stück Wassermelone zu bringen.

Im Laufe des Tages bevölkerte sich der Strand. Halbnackte Körper kreisten meine Nonna ein, die sich zwischen den Touristen mit ihren lockeren Sitten sichtlich unwohl fühlte. Irgendwann zog sie ihre Wollstrümpfe wieder an und harrte in voller Garderobe unter dem schwarzen Schirm aus. Manchmal gesellte sich dann eine Frau aus dem Dorf zum Plaudern zu ihr, bis wir sie wieder abholten und gemeinsam zum späten Mittagessen aufbrachen.

8

An ihren Unfall im Sommer 1919 hat meine Nonna kaum eigene Erinnerungen. Nur die Verwirrung im Haus, als vier oder fünf teils uniformierte Männer die elterliche Wohnung auf den Kopf stellten und das wenige Mehl mitnahmen, das für die nächsten Tage hätte reichen sollen, ist ihr im Gedächtnis geblieben. Was sie sonst über ihren Sturz weiß, hat sie im Nachhinein von ihrem Großvater, Fortunato Ferrantino, gehört.

Nach Ende des Ersten Weltkriegs waren Nahrungsmittel in Mattinata knapper denn je. Selbsternannte Versorgungstrupps durchkämmten die Häuser der Bauern und kassierten deren Vorräte ein. Vergeblich versuchte Fortunato, die gewaltbereiten Männer davon zu überzeugen, dass es in der Wohnung seiner Tochter Antonia, der Mutter meiner Nonna, nichts zu holen gab. Schränke wurden aufgerissen, die Bettwäsche durchwühlt, Körbe und Bottiche umgestoßen.

Antonia saß auf ihrem Bett, die Hände vors Gesicht geschlagen. Sie war im siebten Monat schwanger und mit ihrer sechsjährigen Tochter Maria, meiner Nonna, im Dorf geblieben. Ihr Mann Tommaso hatte nach seiner Rückkehr von der Front die Landwirtschaft in Vignanotica wiederaufgenommen, gut einen halben Tagesmarsch von Mattinata entfernt.

Antonia hatte das Kind nicht im Blick, das Schutz suchte und sich am Großvater festhielt, der auf die Männer einredete. Es stand hinter ihm, stieg verängstigt auf einen Stuhl, wich zurück. Und plötzlich sah Antonia ihre Tochter fallen, sprang vom Bett auf, eilte ihr entgegen.

»Sie hat es zu spät bemerkt«, sagt meine Nonna.

Ich habe diesen Satz schon oft gehört. Nie hat sie darüber geklagt, dass weder ihre Mutter noch der Großvater die Schwere des Sturzes erkannten, dass niemand mit ihr zum Arzt ging, nachdem sie sich die Hüfte gebrochen hatte. Stattdessen kleidet sie die Geschehnisse in die immer gleichen Worte, die das Bild von der fürsorglichen, stets um das Wohl ihres Kindes bemühten Mutter unbeschädigt lassen sollen.

»Sie hat es zu spät bemerkt«, ist so eine Formulierung. Eine andere lautet: »Wer wird sich bloß um dich kümmern, wenn ich tot bin?«

Im Sommer 1920 erkrankte ihre Mutter Antonia an der Spanischen Grippe, die sich nach dem Krieg in mehreren Wellen in Europa ausbreitete und die geschwächte Bevölkerung noch einmal drastisch dezimierte. Erst wenige Monate zuvor hatte sie ihre zweite Tochter, Raffaella, zur Welt gebracht. Nach der schwierigen Geburt sei ihre Mutter völlig entkräftet gewesen, sagt meine Nonna. »Schwangerschaft und Krieg, so sind ihre wenigen Ehejahre dahingegangen.«

Am Vorabend ihres Todes erklärte Antonia, sie schaffe es nicht, die Suppe für den Abend zuzubereiten. Maria solle beim Großvater schlafen. Zuvor winkte sie ihre Älteste noch einmal zu sich ans Bett und schaute sie lange an.

Meine Nonna erinnert sich kaum noch an die Situation, weder an die Stimme ihrer Mutter noch an ihr Gesicht. Nur noch daran, dass sie irgendwann neben ihrer Mutter auf dem Bett lag, die mit fiebrigen Händen zärtlich über ihre Wange und durch ihre Haare strich.

An diesem Abend betete die Mutter wieder zum heiligen

Antonius, diesmal nicht für ihren im Krieg gefallenen Bruder Pietro, sondern für ihre beiden Kinder. Auch sie war ohne Mutter aufgewachsen. Sie wusste, was es bedeutet, auf diese Weise ausgesetzt zu sein.

»Wer wird sich bloß um dich kümmern, wenn ich tot bin?«

Immer wenn sie diesen Satz ausspricht, stehen meiner Nonna Tränen in den Augen. Sie kennt nur die Worte ihrer Mutter, es erklingt keine Stimme dazu. Nicht einmal ein Bild von ihr hat sie vor Augen. Gäbe es wenigstens ein Foto von ihr, hätte sie sich in den Jahrzehnten danach weniger einsam gefühlt. Aber die einzige Aufnahme, von der sie weiß, ist verschollen.

»Ich habe überall gefragt, nirgends habe ich ein Foto von ihr finden können.«

9

Meine Nonna stellt keine Fragen. Sie hat meine Besuche nie als Gelegenheit wahrgenommen, etwas über mein Leben in Deutschland zu erfahren. Sobald ich mir im schummrigen Licht ihrer Wohnung einen ihrer winzigen Stühle zurechtgerückt habe, so niedrig, dass ich die Beine weit nach vorne ausstrecken muss, ergreift sie das Wort und ich bin Zuhörer.

In diesem Sommer habe ich meine eigene Welt nicht ganz hinter mir gelassen, sondern ihr ein Buch mitgebracht.

»Leg es auf die Nähmaschine!«, sagte sie nach meiner Ankunft, ohne es auch nur anzuschauen.

Zugegeben, ich hatte mir im Vorfeld der Reise nicht allzu viele Gedanken über ihre Beziehung zu Büchern gemacht. In einer bäuerlichen Familie groß geworden, gab es für sie keine Aussicht, jemals die Schule zu besuchen. Von einem funktionierenden staatlichen Bildungswesen war man in diesem Winkel Süditaliens seinerzeit weit entfernt.

Meine Nonna ist Analphabetin. Dass ich ihr dennoch ein Buch mitgebracht habe, noch dazu ein astronomisches, hat einzig und allein den Grund, dass ich es geschrieben habe. Es ist eine Sammlung kurzer Erzählungen über die Entstehung unseres Sonnensystems, und ich möchte, dass sie von meiner Autorschaft weiß.

Nun greift sie nach meinem Erstlingswerk, auf dessen Umschlag der Erdball abgebildet ist, wie er vom Mond aus erscheint. Seit den Flügen der Apollo-Astronauten ist dieses Farbfoto zum Inbegriff der Schönheit und Verletzlichkeit unseres Planeten geworden.

Der Blick meiner Nonna geht scheinbar achtlos darüber hinweg. Stattdessen begutachtet sie den Einband mit den Händen, so wie sie sonst einen Stoff betastet. Sie prüft seine Festigkeit und streicht darüber, als wäre er aus Samt.

»Auch ich habe ein Buch«, sagt sie schließlich. »Es muss dort drüben in der Schublade sein.«

Unter diversen Streichholzschachteln und Pillendöschen ziehe ich ein zerfleddertes Bilderbuch mit Geschichten aus dem Leben Jesu hervor. Nachdem ich es herausgenommen habe, fragt sie mich, ob ich den dünnen Band nicht auch zwischen zwei so stabile Buchdeckel fassen könnte. Er sähe dann wieder schöner aus.

Niemals wäre ich auf den Gedanken gekommen, meine Nonna könnte mich für einen Buchbinder halten! Sie zweifelt offenbar keinen Moment daran, dass ich das Buch eigenhändig gebunden habe und dass dies den eigentlichen Wert meiner Arbeit ausmacht.

Meine Nonna schätzt das Handwerk. Manchmal erzählt sie von ehemaligen Nachbarn, die heute fast vergessene, aber bis in die 1960er Jahre hinein anerkannte Berufe in Mattinata und Umgebung ausübten: Sattler und Scherenschleifer, Stuhlmacher oder Leiterbauer. Schneider und Maurer stehen bei ihr besonders hoch im Kurs. Warum sollte ihr Enkel sein Geld nicht mit dem Binden von Büchern verdienen?

Als ich ihr erkläre, ein Verlag habe das Buch maschinell drucken und binden lassen, ich selbst hätte nur den Text verfasst, legt sie ihr Exemplar mit enttäuschtem Gesichtsausdruck zurück auf die Nähmaschine.

Am nächsten Morgen spricht sie mich allerdings noch einmal darauf an. Soeben hat sie sich gekämmt, die Strähnen ihres weißgrauen Haares glänzen. Über ihren Beinen liegt ein grünes Handtuch, auf dem sie die ausgefallenen Haare sammelt. Geschickt verzwirbelt sie die Haare zu einem festen Strang, den sie zwischen Daumen, Zeige- und Mittelfinger einspannt, um damit über jeden einzelnen Zacken des Kamms zu fahren und ihn geduldig zu säubern. Schließlich lässt sie den Kamm in ihrer Rocktasche verschwinden, holt aus der anderen ein Lakritzbonbon hervor, das sie sich in den Mund steckt, und überrascht mich mit einer Frage:

»Eine Nachbarin hat mir erzählt, dass die Sonne deswegen so hell leuchtet, weil sie an einen großen Benzinkanister angeschlossen ist. Stimmt das?«

Meine Freude über ihre Neugier ist größer als mein Befremden über ihre Vorstellungen vom Leuchten der Sonne, weshalb ich den Benzinkanister leichtfertig als Metapher für das Brennstoffreservoir im Innern der Sonne gelten lasse.

»Warum geht ihr das Benzin dann nicht aus?«

»Die Sonne geht sehr sparsam damit um.«

»Aber wenn sie nie neues bekommt, muss das Benzin irgendwann verbraucht sein«, setzt meine Nonna völlig zu Recht nach und hat auch schon eine Lösung parat. »Ich glaube, es gibt da jemanden, der es nachfüllt.«

»Nein, Nonna«, unterbreche ich sie. »Ihr Vorrat ist riesig, auch wenn er nicht ewig halten wird.«

»Wie lange noch?«

»Ein paar Milliarden Jahre.«

»Und dann? Was geschieht dann?«

Mir nichts, dir nichts lässt sie einen Zeitraum von mehreren Milliarden Jahren hinter sich.

»Wenn ihre Flamme erlischt, wird die Sonne noch ein Weilchen vor sich hin glühen.«

Gerne würde ich ihr Aufnahmen von verglühenden Sonnen auf meinem Laptop zeigen. Fotos vom Helixnebel zum Beispiel, der uns aus der Weite des Universums wie ein Auge anschaut, das uns ein letztes Mal zuzwinkert. Aber meine Nonna hat völlig andere Bilder im Kopf.

»Auch unser Leben ist wie eine Flamme«, sagt sie und erzählt eine kurze Geschichte:

»Es war einmal ein Priester, der hatte Angst, dass sein

Öllämpchen ausgeht. Er dachte, sobald die Flamme erlischt, werde er sterben. Stunde um Stunde kontrollierte er, ob das Lämpchen genügend Öl hatte. Eines Tages wurde er krank, ein anderer Priester kam zu ihm, um ihn zu pflegen. Er öffnete ein Fenster, um frische Luft in das Krankenzimmer zu lassen. Da blies ein Windstoß das Lämpchen aus. Als der kranke Priester das sah, sank er mit entsetztem Blick in sein Kissen. Er war auf der Stelle tot.« Und mit der Spitze ihres rechten Daumens zeichnet sie in schnurgerader horizontaler Linie das Schicksal des dahingerafften Körpers nach.

10

Für die meisten Dorfbewohner ist die *passeggiata* der liebste Zeitvertreib. Abend für Abend spazieren sie dieselbe Straße auf und ab. *Corso* rauf: »*Ciao!*« *Corso* runter: »*Ciao!*«

Meine Nonna ermuntert auch mich dazu, mich unters Volk zu mischen, obwohl sie weiß, dass sie dann bis zur Schlafenszeit allein sein wird.

Hinter mir schließt sich die Tür, die sie von ihrem Platz aus mit der rechten Hand erreicht. In völliger Dunkelheit wird sie noch ein oder zwei Stunden hinter der Gardine sitzen. Ab und an wird ein Auto vorbeirollen oder ein junges Pärchen mit Kinderwagen die Straße hinaufgehen. Besuch erwartet sie abends nicht mehr. Gott jedoch sehe sie auch in der Dunkelheit, sagt meine Nonna.

Sobald ich um die erste Straßenecke gebogen bin und vor den Hauseingängen kleine Gruppen alter Leute miteinander plaudern sehe, bedauere ich, dass nicht auch sie an der Hauptstraße wohnt, sondern am Ortseingang, wo zwar während des Kirchgangs einiges los ist und morgens, wenn die Kinder mit ihren Eltern zur oberhalb der Kirche gelegenen Schule anrücken. Manchmal sogar mehr, als ihr lieb ist. Die Abende hingegen sind einsam und dunkel. Vom Leben und Treiben auf dem *corso* bleibt ihr Haus völlig unberührt.

In ihrer Kindheit muss die Einsamkeit noch schmerzlicher für sie gewesen sein. Nach ihrem Unfall fiel ihr eigenes Lebenstempo plötzlich hinter das der anderen zurück. Wenn die Nachbarkinder auf der Straße Fangen spielten oder über ein Seil hüpften, gesellte sie sich erst gar nicht zu ihnen. Und während gleichaltrige Mädchen hübsch zurechtgemacht auf dem *corso* auf und ab gingen, blieb sie, »die Hinkende«, um nicht gehänselt zu werden, vor der Haustür sitzen, wo ihr im Laufe des Abends vielleicht jemand für eine Weile Gesellschaft leisten würde.

Ähnlich frustrierende Erfahrungen habe ich als Kind gemacht, ausgelöst durch eine frühe Sprachstörung. Zwar hatte ich eine wohlbehütete Kindheit und kannte das Gefühl des Verwaistseins nicht, das meine Nonna nach dem Verlust der Mutter quälte. Aber auch mein Lebenstempo ließ sich plötzlich nicht mehr ohne weiteres mit dem meiner Umgebung in Einklang bringen. Zeitweilig hielt mich mein Stottern davon ab, mich im Schulunterricht zu melden oder ans Telefon zu gehen. Auch ich hatte meine Verstecke und Rückzugsorte, musste lernen, mit der Ungeduld der anderen klarzukommen, geduldig mit mir selbst zu sein und zu einer mir angemessenen Lebensweise zu finden.

»*Zúppe a ballé e scialepe a candé!*« Die Hinkenden zum Tanz und die Stotterer zum Singen!

In Süditalien gilt Ungeduld per se als schlechte Eigenschaft. Das Lebenstempo ist spürbar geringer als in Deutschland. Das zeigt sich nicht zuletzt an den vielen für den Autoverkehr gesperrten Straßen und Plätzen, wo Menschen flanieren und herumsitzen, wo sie sich treiben lassen und keine Getriebenen sind.

Meine an das Berliner Großstadtleben angepasste Gehgeschwindigkeit ist viel zu hoch für die süditalienische *passeggiata*. Da es mir nicht ohne weiteres gelingt, den Schritt so zu verlangsamen, dass ich den Passanten auf dem *corso* nicht in die Quere komme, weiche ich auf den Bürgersteig aus und nehme Zuflucht zur nächsten *gelateria*. Dort erkundigt sich die Eisverkäuferin sofort nach der Gesundheit meiner Nonna und nach meinen beiden Schwestern, klagt über ausbleibende Touristen und preist eine Folkloregruppe an, die in der kommenden Woche einen Auftritt in Mattinata haben wird.

Mit reichlich Zitroneneis begebe ich mich in Richtung *piazza*, komme aber nur bis zum gegenüberliegenden Tabakladen, dessen Besitzer, Sohn einer Cousine meiner Nonna, mir voller Stolz erzählt, gerade Großvater geworden zu sein. Außerdem möchte er mir das alte Deckengewölbe zeigen, das er beim Umbau seines Geschäfts freigelegt hat. Mein Zitroneneis fängt bereits zu tropfen an, und ich verspreche ihm, in den nächsten Tagen vorbeizuschauen, zumal ich ohnehin einen Jahresvorrat an Streichhölzern bei ihm kaufen wolle.

Die rechteckige *piazza* ist so schmucklos wie die kleineren Plätze im Ort. Keine Bäume, kein plätschernder Brunnen, kein *palazzo* mit breitem Treppenaufgang. Lediglich ein paar Bänke, auf denen alte Leute in kleinen Grüppchen zusammensitzen und Mütter, deren Kinder die *piazza* für ihre Spiele nutzen.

Mattinata schaut zwar auf eine jahrtausendealte Geschichte zurück, aber die ursprüngliche Ortschaft befand sich am Meer, in der Nähe des Hafens. Von ihr sind nach Erdbeben, Seebeben und Tsunamis nur Ruinen übrig geblieben.

Das heutige Dorf wurde auf zwei Hügeln errichtet, auf denen zuvor nur Scheunen und schlichte Behausungen für Bauern aus der Umgegend gestanden hatten. Nach heftigen Beben in den Jahren 1892 bis 1894 setzte zu Beginn des 20. Jahrhunderts eine Bauaktivität ein, die die Gemeinde nach und nach aus dem Schatten der höher gelegenen Wallfahrtsstätte Monte Sant'Angelo heraustreten ließ. Mit dem Geld, das Emigranten aus Amerika und anderen Teilen der Welt zurückbrachten, wuchs das einstige Dreitausend-Seelen-Dorf, das heute mehr als doppelt so viele Einwohner hat, am Abend allerdings nur aus einer einzigen Straße zu bestehen scheint: dem *corso*.

An ein Treppengeländer gelehnt und das Eis in der Hand, beobachte ich die Vorübergehenden. Als Erster fällt mir der kleine, dicke Pfarrer aus dem Nachbardorf auf, der meinen Vater früher immer mit einem Spruch in lateinischer Sprache grüßte, sein Bauch prall wie eine Wassermelone. Neben dem pfiffigen Geistlichen, ihm zugewandt und mit auf dem Rücken verschränkten Armen, der hagere Elektriker in dem für ihn typischen Ringelshirt, in einigem Abstand dahinter zwei außergewöhnlich große, kurzhaarige Frauen, die eine ganz in Beige, die andere in dunkelgrünem Kostüm, beide mit denselben verbitterten Mienen, derentwegen sie mir schon vor dreißig Jahren auffielen; dann eine Clique junger Mädchen, herausgeputzt und geschminkt wie Teenager, aber erst elf oder zwölf Jahre alt. Als ich in diesem Alter war, hatte ich mein erstes erotisches Sommerabenteuer in Mattinata.

Wenn wir Kinder unseren Eltern damals beim abendlichen Spaziergang ein Eis abgetrotzt hatten, setzen wir uns nach Möglichkeit von ihnen ab. Sie ließen uns gewähren. In Mattinata konnte man sich nicht verlieren. Oft schlichen wir den Gleichaltrigen hinterher. Während meine Schwestern mit feschen Jungs flirteten, kam ich in meiner zurückhaltenden Art bei den Mädchen aus dem Dorf nicht an. Sie schienen unnahbar zu sein, ein Grund dafür, weshalb sich die einheimischen Jungs am liebsten an Touristinnen hielten.

Mir gefiel ein Mädchen deutsch-italienischer Eltern mit halblangen blonden Haaren. Sie hatte einen hinreißenden Silberblick à la Barbra Streisand. Nachdem wir uns bereits in Gegenwart unserer Eltern begegnet waren, saß sie eines Abends plötzlich neben mir auf einem Treppenabsatz und hielt mir ihr Eis entgegen. Durch ihr verwegenes Lächeln ermutigt, leckte ich daran, sie leckte auf der anderen Seite und kurz darauf leckten wir gemeinsam am Eis, bis sich, ganz sicher bin ich mir nicht, unsere Zungenspitzen berührten, und – schwupp! – sprang sie auf und war weg. Nicht einmal ihren Namen hatte sie mir genannt. Noch jahrelang träumte ich von Barbra, ohne sie je wiederzusehen.

Jetzt reihe ich mich betont langsamen Schrittes in die *passeggiata* ein, schlendere an den immer gleichen Bars und Geschäften vorbei und an den Ständen afrikanischer Händler, die Gürtel und Portemonnaies, Tücher und Spielzeug verkaufen. Überall ist die Luft erfüllt von durcheinandergehenden Stimmen. *Corso* rauf: »*Ciao!*« *Corso* runter: »*Ciao!*«

Vor einem Hauseingang sitzt ein Halbbruder meines Nonno, ein Mann mit einer dicken Goldkrone über einem Eckzahn, die immer dann sichtbar wird, wenn er lacht. Er lachte viel, ehe er vor zwei Jahren einen Schlaganfall erlitt. In meiner Gegenwart blitzt die Goldkrone nur ein einziges Mal auf: als sich nach seiner Frau – Küsschen rechts, Küsschen links – und seiner Tochter – Küsschen rechts, Küsschen links – seine jüngste Enkeltochter zu uns gesellt, der nur der Opa ein Küsschen entlocken kann.

Über eine Nebenstraße kehre ich schließlich zum Haus meiner Nonna zurück und höre beim Zubettgehen wieder das Stühlerücken in der Etage unter mir. Was für eine Anstrengung jeder Gang durch die Wohnung für sie bedeutet! Ich lausche in die Nacht hinein und sehe sie vor mir in einer Dunkelheit, in die nur die Geister der Verstorbenen eindringen.

11

Das Unglück nahm seinen Lauf, als mein Urgroßvater Tommaso ein halbes Jahr nach dem Tod seiner Frau noch einmal heiratete: eine Zweiundzwanzigjährige, die im Krieg ihren

Mann und während der Grippeepidemie auch noch ihre Mutter verloren hatte. Was hätte er auch anderes tun sollen in seiner Not? Mit zwei kleinen Kindern, meine Nonna sieben Jahre alt, ihr Schwesterchen Raffaella noch kein Jahr auf der Welt?

Meine Nonna jedoch fühlte sich von ihm verraten. Hatte er ihre Mutter schon vergessen? Unbegreiflich für sie, dass er sie in die Obhut einer Fremden gab. Sie selbst würde diese Person, die an die Stelle ihrer Mutter rücken sollte, niemals akzeptieren!

Stumm verrichtete sie die ihr übertragenen Hausarbeiten und ging der Stiefmutter, vor deren Berührungen ihr schauderte, aus dem Weg. Weder mochte sie sich von ihr beim Ankleiden helfen noch beim Spazierengehen an der Hand nehmen lassen. Die Stiefmutter warf ihr vor, bockig und ungezogen zu sein.

Raffaella war die Einzige, mit der sie sich noch im Bunde fühlte. Auf dem Steinboden breitete sie eine Decke für die kleine Schwester aus und spielte mit ihr. Abends erzählte sie ihr von der Mutter im Himmel.

Im Alter von drei Jahren starb Raffaella plötzlich infolge einer Lungenentzündung. Als meine Nonna begriff, dass etwas Schreckliches passiert war, lief sie zu den Großeltern. Sie wollte nicht mehr nach Hause zurück. Für den Tod ihrer Schwester machte sie die Stiefmutter verantwortlich. In ihren Augen hatte sie nicht genug für das Kind gesorgt, es nicht genug geliebt.

Von der Wendung, die ihr Leben danach nahm, hat mir meine Nonna oft erzählt: Bekümmert über ihre Traurigkeit, befand ihr Vater Tommaso, dass es nun an der Zeit sei, einen Schnitt zu machen. Er mochte nicht länger mit ansehen, wie sich seine zweite Frau und seine Tochter gegenseitig das Leben schwermachten. Statt Maria wie bisher im Dorf bei ihrer Stiefmutter zurückzulassen, die inzwischen auf die Geburt eines eigenen Kindes wartete, nahm er sie mit nach Vignanotica. Mit nunmehr zehn Jahren schien sie ihm alt genug, um ihm in der Landwirtschaft zur Hand zu gehen. Vielleicht würde sie ein Ortswechsel auf andere Gedanken bringen.

Es war ein Segen für sie, dass ihr Vater sich ihrer endlich annahm. Jeder Schritt, mit dem sie sich von dem Ort entfernte, den sie längst nicht mehr als ihr Zuhause empfand, gab ihr das Gefühl, freier zu atmen. Und obschon er ihr versprochen hatte, sie dürfe auf dem Esel sitzen, wenn ihr das Laufen zu beschwerlich würde, ging sie vorneweg. Das Maultier war mit schweren Decken und einem Doppelsack beladen, mit Proviant und Wäsche zum Wechseln für *una quenecine*, für die nächsten fünfzehn Tage. Erst dann würden sie für ein oder zwei Nächte ins Dorf zurückkehren.

Vier Stunden lang folgten sie steinigen Pfaden. Eine Küstenstraße war zwar seit 1919 im Bau, aber Mitte der 1920er Jahre waren erst kleine Abschnitte davon passierbar. Es ging auf und ab, ehe sie nach dem letzten steilen, ermüdenden Anstieg eine Anhöhe erreichten, auf der sich fahrende Händler regelmäßig mit den Bauern aus der Umgebung trafen. Dort zweigten mehrere Wege ab: Einer führte zu einem Waldgebiet im Landesinneren, ein anderer schlängelte sich hinunter zu einer Schlucht und weiter zum Meer, über einen dritten gelangten sie zu einem Landgut, das die Familie vor vielen Jahren in Besitz genommen hatte, um der Armut und dem Tagelöhnerdasein zu entkommen.

Meine Nonna erinnert sich gerne an die ersten Jahre auf dem Land. Die Felder, die sie bewirtschafteten, lagen auf einem langgezogenen Ausläufer des Gargano-Gebirges. Wegen des geringen Gefälles war das Gelände nur in wenige Terrassen unterteilt, fiel dann allerdings nahezu senkrecht zur Adria hin ab. Von dort aus überblickte man linker Hand die Bucht von Vignanotica mit ihren überhängenden Kalkfelsen und dem herrlichen Steinstrand, den Schmuggler-Grotten und verschwiegenen Höhlen, rechter Hand die *Baia dei Mergoli*, vor der zwei Felsen, einer davon in Form eines majestätischen Torbogens, aus dem Wasser herausragen.

Während unten das Meer gegen die Klippen schlug, räumte meine Nonna Steine vom Acker, die nie weniger wurden, sondern über Nacht aus dem felsigen Untergrund nachzuwachsen schienen. Mit ebenso großer Ausdauer beseitigte sie Dornensträucher, sammelte Zweige und Brennholz. Ihre Behausung, eine in den Fels gehauene Höhle, bestand aus einem einzigen Raum mit einer Feuerstelle, mit einem Tisch und Stühlen, einem ebenerdigen Schlafplatz und einem zweiten Strohsack in der Nähe des Eingangs für den Vater, der sich schon bei Anbruch der Morgendämmerung an die Arbeit machte.

Nachdem sie das Dorf hinter sich gelassen hatte, schuf sich seine Tochter in der Zurückgezogenheit von Vignanotica eine eigene Welt. Vom ersten Tag an besorgte sie den Haushalt und sah ihre Aufgabe darin, ihr »Landhaus«, wie es der Vater nannte, nicht nur sauber zu halten, sondern zu verschönern. Mit Vorliebe schaute sie sich an, wie sich andere Bauern mit einfachen Mitteln eingerichtet hatten, wo sie ihre Vorräte aufbewahrten und wie sie sich vor Ungeziefer schützten.

Den Vater freute es, dass sie nun nicht mehr den ganzen Tag Trübsal blies. Er zeigte ihr, wie man Tomaten zieht, wie man das Getreide mit der Sichel schneidet und die Halme zu Garben zusammenbindet, wie man die Olivenbäume zurechtstutzt, um sie von Pilzen zu befreien, deren feine Fädchen die Stämme verfaulen lassen. Mittags bereitete seine Tochter eine Gemüsesuppe mit Kichererbsen oder Saubohnen zu, abends tunkten sie ihr Brot in gesalzenes Wasser, beträufelten es mit etwas Olivenöl und legten Tomaten und Kräuter darauf.

Solange er sein Tagwerk nicht vollbracht hatte, war der Vater einsilbig, sprach nur über Handgriffe bei der Arbeit. Zur Brotzeit, bei *acquasale*, wurde er redseliger, vor allem im Zusammensein mit benachbarten Bauern, die ab und an vorbeischauten. Dann erzählten sie Geschichten von früher, aus der Zeit vor dem Großen Krieg, als einige von ihnen nach Amerika aufgebrochen waren, von der Überfahrt mit dem Dampfschiff, von dem magischen Augenblick, als sie die neue Welt erstmals betreten hatten, von Häusern mit dreizehn oder zwanzig Stockwerken, vor denen sie staunend gestanden hatten und die doch bescheiden waren im Vergleich zu jenem Wolkenkratzer, den der Nähmaschinenhersteller Singer in New York gebaut hatte: das mit 187 Metern höchste Gebäude der Welt.

Im Widerschein des Mondes und der flimmernden

Milchstraße erzählten sie von Boston und Worcester, Pittsburgh und New York, von Städten, über denen fast keine Sterne blinkten, weil die beleuchteten Schaufenster und Straßenlaternen alle Himmelslichter überstrahlten. Bevor in Mattinata die erste Glühbirne brannte, waren sie bereits in das nächtliche Lichtermeer elektrifizierter Großstädte eingetaucht. In Amerika hatten sogar Nähmaschinen elektrische Lampen.

12

»Die Leute reden darüber, dass neuerdings Grundstücke auf dem Mars verkauft werden. Die Amerikaner hätten schon angefangen, dort zu bauen. Ist das wahr?«

Der nächste Vorstoß ins All! Nach der Sonne nun also der Mars. Mit größter Selbstverständlichkeit geht meine Nonna von der Bewohnbarkeit des Himmelskörpers aus.

Früher, als sie mit ihrem Vater in Vignanotica arbeitete, hätte sie den Planeten am Nachthimmel sehen können. Quer zu allen Sternbildern zieht er über das Firmament. Doch vermutlich hat sie ihm damals keinerlei Aufmerksamkeit geschenkt. Warum sie sich jetzt wohl für ihn interessiert?

»Der Mars ist zu weit weg, um dort zu bauen.«

Sie wird konkreter: »Wie ist der Boden dort?«

»Der Boden ist steinig und überwiegend vulkanischen Ursprungs. Die Vulkane auf dem Mars sind die größten im ganzen Sonnensystem, viel höher als der Vesuv oder der Ätna. Und stürmisch ist es dort. Gegen die Sandstürme auf dem Mars ist der *scirocco* gar nichts. Sie verteilen den Sand über den gesamten Planeten. Steine und Sand wären eigentlich eine gute Grundlage, um Häuser bauen, aber –«

»Es ist also wahr, dass man dort bauen kann! Deshalb fliegen die Amerikaner dorthin!«

»Niemand kann dort bauen, Nonna, auch die Amerikaner nicht! Sie haben bisher nicht einmal ein Raumschiff, mit dem sie die lebensnotwendigen Dinge dorthin bringen könnten. Der Mars ist kein Ort für Emigranten. Eiskalt ist es dort, man hat weder Luft zum Atmen noch Wasser zum Trinken.«

»Nicht einmal Wasser? Madonna! Wie schaffen es die Pflanzen dann, groß zu werden?«

»Auf dem Mars wachsen keine Pflanzen. Der Planet ist eine Gesteinswüste.«

»Es gibt dort keine Pflanzen?«

»Nein, nur trockene Erde.«

»Aber wie soll man dort leben ohne Getreide und ohne Obst?«

»Kein Mensch kann dort leben, Nonna! Weder auf dem Mars noch anderswo. Von den Himmelskörpern, die wir bislang kennen, ist keiner unserer Erde ähnlich.«

»Mir hat man erzählt, die Amerikaner wären schon auf dem Mars.«

»Sie haben nur zwei Automaten hingeschickt, die durch die Wüste rollen.«

»Was sind das für Automaten?«

»Zwei kleine Fahrzeuge mit ein paar wissenschaftlichen Instrumenten.«

»Und was machen sie dort?«

»Sie suchen nach Wasser.«

»Also wollen sie doch bauen!«

»Nein, sie wollen nicht bauen! Sie wollen nur wissen, ob es auf dem Mars schon immer so trocken war wie heute oder ob es dort früher vielleicht einmal geregnet hat.«

Kaum ausgesprochen, bin ich mir selbst nicht mehr so sicher, ob ich der Wahrheit mit dieser Antwort näher komme als meine Nonna mit ihrem Geschäftsinstinkt. Unternehmer wie der Amazon-Gründer Jeff Bezos und andere aus der Generation Apollo träumen schon lange davon, den Weltraum eines Tages zu besiedeln.

Sie löst das Dilemma auf pragmatische Art.

»Haben sie Wasser gefunden?«

»Bisher nicht.«

»Dann hat es keinen Sinn zu bauen!«

Damit ist der Mars für sie erledigt. Im Rahmen interplanetarer Bauspekulationen wäre er ein heißes Pflaster gewesen. Als Gestirn, das keine Feldfrüchte abwirft und das es sich nicht zu parzellieren lohnt, lässt er sie kalt.

13

In den folgenden Tagen verblüfft mich meine Nonna immer wieder mit ihren Fragen.

»Schon oft habe ich darüber nachgedacht, wie Jesus in den Himmel gekommen ist. Irgendwo dort oben muss es eine Tür geben, durch die er eingetreten ist. Du hast doch solche Dinge studiert – was ist das für eine Tür?«

Nie zuvor hat meine Nonna dergleichen von mir wissen wollen. Ein einziges Mal hat sie mich auf mein Universitätsstudium angesprochen, und zwar beim Aufhängen der Wäsche, ich erinnere mich noch genau. Ich half ihr beim Abspannen der Leine, hängte unter ihrer Aufsicht die nassen Bettlaken auf und legte den Stoff am Rand einen Fingerbreit übereinander, damit die Wäscheklammern keine Abdrücke darin hinterließen. Eine undankbare Arbeit, denn immer, wenn sie Hilfe bei der Hausarbeit brauchte, mäkelte meine Nonna herum. Zum Beispiel mussten ihre Bettlaken vor dem Waschen vierundzwanzig Stunden eingeweicht und zwischendurch mehrmals geschwenkt werden. Nach dem Waschen durfte man das Waschwasser nicht einfach ablaufen lassen, sondern musste es in einem Trog auffangen, um es für die Buntwäsche wieder zu verwenden.

Meinen Schwestern und mir erschien all dies ziemlich umständlich. Aber meine Nonna hatte ihre Lauge als junge Frau noch selbst herstellen müssen und dazu weiße, gesiebte Holzasche tagelang in einem Bottich eingeweicht. Am Waschtag legte sie nicht nur Bettzeug und Kleider in die reinigende Flüssigkeit, sondern wusch auch ihr Haar darin, das sie damals noch lang trug.

Viel wertvoller als die Lauge waren die Bettlaken selbst, die zu jeder Aussteuer gehörten, aus erstklassigem Stoff und in aufwendiger Handarbeit bestickt. Meine Nonna wachte darüber, dass sie mit der nötigen Sorgfalt zum Trocknen aufgehängt und später ohne jede Falte zusammengelegt wurden. Vor ihrer Pedanterie hatten fast alle Familienmitglieder irgendwann das Handtuch geworfen.

An jenem Tag aber fand sie nur lobende Worte.

»Ich weiß, warum du das so gut kannst«, sagte sie, während sie die Wäscheklammern aus einer gelben Plastikschüssel fischte und mir einzeln reichte. »Du hast an der Universität studiert.«

»Aber meine Schwestern haben auch an der Universität studiert.«

»Ja, aber du hast länger studiert!«

Ich habe lange studiert und währenddessen einiges über den Aufbau der Welt im Kleinen und Großen gelernt. Bei der Auferstehung Christi muss ich passen.

»Was ist das für eine Tür?«

Die einzige außergewöhnliche Pforte, die mir nach einer Weile in den Sinn kommt, ist jenes steinerne Tor, das vor der *Baia dei Mergoli* aus dem Meer aufsteigt.

»Erinnerst du dich daran?«, frage ich meine Nonna. »Ein Felsbogen mitten im Wasser. Ich bin einmal mit dem Boot hindurchgefahren.«

Obschon ich selbst nicht weiß, was ich meiner Nonna mit diesem Bild sagen möchte, herrscht zwischen uns ein stilles Einvernehmen.

»Ja, das ist wirklich ein schönes Tor!«

Sie atmet flach und leise, die dunklen Härchen auf ihrer Oberlippe zittern. Es ist der Beginn jenes unermesslichen Großmutterschweigens, das Zeit und Raum völlig ins Abseits drängt.

»Mein Gott!«, seufzt sie zwischendurch einmal, schiebt ihre gefalteten Hände noch tiefer in die schwarze Schürze und treibt auf ihrem Stuhl der Mittagsruhe entgegen.

14

Nach dem Mittagessen schläft das Dorf. In den engen Gassen und kurzen Fluchten höre ich nur den leisen Wind, der sich in Fenstern und Fliegennetzen verfängt. Eine Mittagsstille, wie man sie nur im Süden kennt, die ich als Kind nicht mochte, weil ich mitten am Tag zur Ruhe verdammt wurde. Während draußen die Sonne auf den Wellen tanzte, musste ich mich hinter geschlossenen Jalousien still verhalten und die Ungewissheit aushalten, ob meine Eltern nach dem Mittagsschlaf mit mir zum Strand zurückkehren würden.

Heute ziehe ich mich selbst zur Mittagsruhe zurück, manchmal allerdings nur kurz. Nach wie vor zieht mich die Adria an, über der in Ufernähe silberne Perlen glitzern. In der Ferne verbindet sich das Meer mit dem wolkenlosen Himmel zu einem weißblauen Nebel.

An einem kleinen Platz kommt mir ein Mann entgegen, der bereits in meiner Kindheit bei meinen Großeltern ein und aus ging und den ich sofort an seiner Kleidung und an seinem wippenden Schritt erkenne. Schon von weitem teilen mir seine Hände mit, wie überrascht er ist, mich hier zu sehen.

Und er um diese Uhrzeit vor der Tür?

»*Mmeh!*«

Er ist so elegant gekleidet wie immer. Kein Stäubchen auf seinen schwarzen Lederschuhen, die graue Tuchhose gebügelt, das kurzärmelige hellblaue Hemd frisch gestärkt. Gestern Mittag habe er noch auf einer kleinen Bank vor dem Haus gesessen, heute sei sie nicht mehr da.

»Sie haben sie geklaut!«, schimpft er. »Hier klauen sie

alles! Schafft sich jemand ein bequemes Bänkchen an, um die Mittagsruhe draußen im Schatten genießen zu können, ist es mit dem Vergnügen nach zwei, drei Wochen vorbei – ach, was rede ich: Acht Tage hat die Bank hier gestanden, ganze acht Tage!«

Ein Trauerspiel sei das.

»Schau, was für ein schöner Platz das ist: der Blick zum Meer, zum Monte Saraceno, und immer weht ein kleines Lüftchen. Wie kommt man dazu, eine Bank von hier zu klauen? Ich kenne die Verhältnisse in Deutschland nicht, aber so etwas kann bei euch nicht passieren!«

Er mag ja recht haben, aber frei nach Bertolt Brecht: Was ist schon ein Bank-Raub gegen die Gründung einer Bank?

»Die Leute hier sind rücksichtslos«, fährt er fort. »Sie haben nicht ein Minimum an Respekt!«

Ich frage ihn, ob er eine Ahnung habe, wer das gewesen sein könnte.

»Wer soll das schon gewesen sein! Es sind immer dieselben, die so etwas machen: Verbrecher, Delinquenten!«

Plötzlich verstummt er, als müsse er den Rest seines Ärgers zurückhalten. Ob er die Diebe vielleicht kennt? Hier gibt es doch immer Mitwisser.

Ganz sicher bin ich mir, dass er niemanden bei der Polizei anschwärzen und anzeigen würde, dass er die Kleinkriminalität stillschweigend toleriert. Wie fast alle im Dorf.

In unserer Familie weiß ich nur von einem Diebstahl, der aufgeklärt wurde: als meine Mutter zum ersten oder zweiten Mal zu Besuch in Mattinata war und die gesamte Babywäsche, die direkt vor dem Haus ihrer Schwiegermutter auf der Leine gehangen hatte, plötzlich verschwunden war. Meine Nonna wies sie an, in der Wohnung zu bleiben, machte sich auf den Weg und war nicht einmal eine Stunde später mit sämtlichen Frotteelätzchen, Strampelanzügen und Wickel-Bodys zurück. Nicht ein Teil fehlte!

Dagegen kam der Dieb, der eines Sommers bei meiner Nonna einbrach und ihren Goldschmuck mitnahm, mit der Beute davon. Unter den Augen eines Nachbarn und eines Polizisten machte er sich aus dem Staub. Beiden schärfte meine Nonna ein, die Klappe zu halten und kein Wort mehr darüber zu verlieren. Sie wollte sich jeglichen weiteren Ärger vom Leib halten, zumal der Dieb – wen wundert's – ein entfernter Verwandter war.

Was passiert war, war passiert! Punkt! Schon das war ihr peinlich genug. Ein Dieb aus den eigenen Reihen, und sie selbst so arglos, dass sie sich am helllichten Tag ausrauben lässt! Die Angelegenheit war fortan tabu.

Habe ich mit meiner Erkundigung an ein ähnliches Tabu gerührt? Ich wechsele das Thema und bringe eine andere Plage zur Sprache. Seit meiner Ankunft begegnen mir immer wieder kleine Mücken, nicht einmal halb so groß wie die *zanzare*, die Stechmücken, die ich seit meiner Kindheit kenne, aber zahlreicher. Ich frage ihn danach.

»Wir nennen sie *muparedde.*«

»Wie?«

»*Muparedde*. Weil sie sich lautlos nähern, ohne Geräusche zu machen.« Und um mir die Herkunft des dialektalen Wortes zu erläutern, insbesondere der ersten Silbe, fügt er hinzu: »*La figghia mupe, la mamma la 'ndenne.*« Selbst wenn die Tochter stumm ist, versteht die Mutter die Wünsche ihres Kindes.

Ob Insekten, Pflanzen, Gebäude, in Mattinata erhalte alles und jedes sofort einen Beinamen. Die Menschen hätten ebenfalls Spitznamen.

»Die Frau, die das erste Telefon im Dorf besaß, wurde von da an ihr ganzes Leben lang Lucia, das Telefon, genannt. Und dein Nonno war für alle Tommaso, der Amerikaner, weil er in Amerika geboren wurde.«

»Hatte er denn irgendetwas Amerikanisches an sich?«

»Was weiß ich, wie die Amerikaner sind! Aber er betonte immer wieder, dass er drüben geboren war und wegen seines amerikanischen Passes nicht an der Seite der Faschisten in den Krieg ziehen musste.«

»Was war er für ein Mensch?«

»Dein Nonno? Er war gewissenhaft in seiner Arbeit, ein guter Handwerker wie dein Vater. Abends ging er raus unter die Leute, trank gerne und sang, manchmal spielte er Gitarre dazu. Er hatte eine schöne Stimme. Wenn er im Weinkeller zu singen anfing, war es mucksmäuschenstill. Oft sang er traurige Lieder, er war sehr melancholisch.«

»Warum?«

»Er war eben so. Er hatte wenig Glück in seinem Leben. In seiner Ehe ist nie gutes Blut geflossen.«

»Was meinst du damit?«

»Deine Nonna und er haben sich nicht vertragen. Dein Nonno hatte einen ganz anderen Charakter als sie. Sie verließ das Haus nur, wenn sie musste, gönnte sich nichts, sparte jede Lira und versteckte das Geld unter der Matratze. Also gab er ihr nur zwei Drittel seines Lohns, ein Drittel behielt er für sich, weil er das Leben auch ein bisschen genießen wollte. Wenn er mit seinen Freunden feierte, besorgte er Wein oder kaufte auch schon mal ein Kaninchen. Aber richtig fröhlich und ausgelassen war er selten.«

»Warum hat er meine Nonna geheiratet?«

»Warum heiratet man jemanden! Mein Gott! Das waren andere Zeiten als heute! Er musste sie heiraten!«

»Weshalb musste er sie heiraten?«

»Er musste! Wenn man den Fuß auf die Schwelle des Hauses einer Frau setzte, galt das damals bereits als Eheversprechen. Ruckzuck legten sie einem Handschellen an.«

Die Handschellen irritieren mich.

»*Eh!*«, seufzt mein Gegenüber. »Er musste sich mit seinem Schicksal abfinden. Was blieb ihm anderes übrig? Nach der Hochzeit ging er weiter in den Weinkeller und sang, nur ein bisschen trauriger als vorher.«

Ich schaue zur Adria hinunter. Hatte mein Nonno vielleicht Fernweh? Zogen seine Gedanken mit den Wellen davon? Warum ging er sonst mit Mitte fünfzig noch einmal von Mattinata fort?

»Deine Nonna ist eine anständige Frau. Auch sie hat viel mitmachen müssen und sich nie darüber beklagt.«

Ich hoffe, dass er den Faden noch einmal aufnimmt, doch er verabschiedet sich bereits.

»Wir sehen uns die Tage noch. Ich muss mir jetzt woanders einen Platz für meine Mittagsruhe suchen. Grüß deine Nonna von mir!«

15

»Nonna?«

Ich klopfe an die Haustür. Niemand antwortet.

»Nonna?«

Durch die Vorhänge kann ich nichts erkennen.

Als ich die Klinke herunterdrücke und die Tür aufschiebe, kratzt der metallene Türrahmen schrill und laut über die zu niedrig angebrachte Gardinenstange.

»Adesso e nell'ora della nostra morte.«

Hinter der Tür sitzt sie in der Dunkelheit und betet, die Perlen des Rosenkranzes auf dem Schoß, ihr gegenüber eine Nachbarin, von deren teigiger Hand ebenfalls eine schwarze Kette auf dunklen Stoff herabfällt. Ihr Doppelkinn ruht, zum Gebet gefaltet, auf der hochgewölbten Brust.

»Ave Maria …«

Für einen Halbsatz sind ihre Worte ein wenig kräftiger, als wollten sie mein Eindringen übertönen.

»… piena di grazia. Il signore è con te.«

Dann setzen sie ihr Gebet unbeirrt fort. Zögernd trete ich ein.

»Tu sei benedetta fra le donne.«

Nach dem vergeblichen Versuch, die Tür geräuschlos hinter mir zu schließen, verziehe ich mich auf einen Stuhl unter dem Fenster. Auch er knarrt unnachgiebig. Jetzt keine Bewegung zu viel!

»E benedetto è il frutto del tuo seno, Gesù.«

Den Rucksack auf dem Schoß, lege ich meine Kappe auf den Tisch.

»Santa Maria, Madre di Dio, prega per noi peccatori, adesso e nell'ora della nostra morte.«

Mein feuchtes Badehandtuch hänge ich behutsam über den Heizkörper. Später wird es zwei rostige Flecken haben.

»Ave Maria piena di grazia.«

Musste ich mich ausgerechnet jetzt hier einschleichen, mich eigenhändig in dieser Finsternis einsperren? Schwer abzuschätzen, wie viele der dreiundfünfzig Perlen noch vor mir liegen und was danach kommt. Nach Ende des Gebets wird die Nachbarin vermutlich all das ausplaudern, was sie in den vergangenen Tagen im Ort aufgeschnappt hat. Sie wird dann auch nicht mehr so sanft sprechen wie jetzt. Von allen mir bekannten Frauen des Dorfes hat sie das durchdringendste Organ.

»Il signore è con te. Tu sei benedetta fra le donne.«

Das Gebet macht ihre Gesichtszüge weicher, durchlässiger und ihre Stimme milder, sonorer.

»E benedetto è il frutto del tuo seno, Gesù.«

Mindestens eine Terz tiefer als sonst.

»Santa Maria, Madre di Dio, prega per noi peccatori, adesso e nell'ora della nostra morte.«

Ich muss an das Gespräch über meinen Nonno denken. Weshalb musste er heiraten? Wer hat ihm Handschellen angelegt?

Eigentlich wollte ich meine Nonna danach fragen, wie sie sich kennenlernten. Aber daraus wird vorerst nichts.

»Ave Maria …«

Ihre Ehe jedenfalls war alles andere als glücklich. Was ich darüber weiß, kommt mir in weiten Teilen wie ein Spiegel der süditalienischen Gesellschaft vor. Selbstverständlich agierten beide in voneinander getrennten Sphären. Während sich mein Nonno außer Haus vergnügte, hütete sie das Haus.

Wie oft hat mir meine Nonna erzählt, nicht um Mitleid zu erregen, sondern um ihre Qualitäten als Ehefrau herauszustellen, sie sei immer still gewesen: »*citte, citte*«, wenn mein Nonno über die Stränge schlug, wenn er viel trank und sie beschimpfte. »*Citte, citte*«, kein Mucks auch, als er nach Deutschland zog. Zuerst hatte er von einem Jahr gesprochen, doch im fünften Jahr war von einer Rückkehr immer noch nicht die Rede gewesen. Da er ihr oft monatelang kein Geld schickte, musste sie sich mit Handarbeiten durchschlagen.

»*Citte, citte.*«

Wenn ich in meinem deutschen Freundeskreis von Italien erzähle, flechte ich manchmal auch jene Reise nach Mattinata ein, die ich im Alter von vier Jahren zusammen mit meiner Mutter machte. Es war die einzige Italienreise in meiner Kindheit ohne meinen Vater und ohne meine ältere Schwester. An ihrer statt fuhr mein Nonno mit uns, der damals in der Nähe von Dortmund auf dem Bau arbeitete und manchmal zu uns ins Rheinland zu Besuch kam. Wir reisten gemeinsam mit dem Zug, der, je weiter wir in den Süden kamen, voller und voller wurde. Mein Nonno stand über weite Strecken in der Sommerhitze auf dem Gang, wo ich zwischen seinen Beinen und den Gepäckstücken schlummerte.

Bei unserer Ankunft in Mattinata stellte mein Nonno, der seine Frau fast ein ganzes Jahr nicht gesehen hatte, schweigend seinen Koffer ab, wusch sich im Bad die Hände und ging wieder hinaus, ohne sie zu begrüßen, ohne sie auch nur eines Blickes zu würdigen. Nicht einmal ein »*Ciao*«. Erst spät am Abend kehrte er zurück und legte sich wortlos ins gemachte Bett.

Meine Mutter war fassungslos angesichts seiner Kälte. Die düstere Atmosphäre im Haus, seine Lieblosigkeit und Härte waren ihr unerträglich und machten sie zugleich wütend. Sie habe so sehr mit ihrer Schwiegermutter gelitten, dass sie während des ganzen Urlaubs kein Wort mehr mit ihrem Schwiegervater gewechselt habe, erzählte sie später, als mein Nonno bereits tot war. Auch während der langen Rückreise nicht.

Weil ich nicht an alte Verletzungen rühren wollte, habe ich meine Nonna nie gefragt, warum sie meinen Nonno geheiratet hatte. Wann immer unser Gespräch das Thema Ehe nur streifte, bekam ich von ihr zu hören, Männer seien allesamt Verräter. Wenn sie noch einmal zu leben hätte, würde sie ins Kloster gehen.

»*Ave Maria piena di grazia. Il signore è con te. Tu sei benedetta fra le donne.*«

Im Fluidum der Worte verblasst mein Nonno allmählich. Das wiederholte »*Ave Maria*« trägt mich langsam fort von ihm.

»*Adesso e nell'ora della nostra morte.*«

Jetzt und in der Stunde unseres Todes und von dort zurück zu Maria, der Gebenedeiten und Mutter Gottes – so schaukeln die Gebetskettchen der beiden betenden Frauen hin und her. Auf der einen Seite der christliche Ursprung und die begangenen Sünden, auf der anderen Seite der Tod. Die

Gegenwart überstreichen sie nur mit dem Wort »*adesso*«. Perle um Perle wandern ihre Finger weiter, darum bittend, dass Sie ihnen Gnade schenkt. Und nach allem, was ich in den vergangenen Tagen wieder gehört habe, habe ich das Gefühl, dass Sie, »*piena di grazia*«, zu der meine Nonna betet und die ihr Trost spendet, ihre eigene Mutter ist.

Draußen dämmert es bereits. Hat es schon acht geläutet? Das wenige Licht, das noch im Zimmer ist, zieht sich weiter und weiter zurück, bis nur noch ein unauslöschlicher Rest bleibt.

16

Die Urlaubstage in Mattinata haben alle einen ähnlichen Rhythmus. Sie beginnen mit einem *caffè* oder *cappuccino* in einer Bar, irgendwann geht's zum Strand, abends mische ich mich unter die Spaziergänger auf dem *corso,* und zwischendurch sitze ich ein oder zwei Stunden bei der Nonna. Eine mir überaus angenehme Gleichförmigkeit.

Gemessen an der Größe des Dorfes ist die Auswahl an Bars beachtlich. Meinen morgendlichen Kaffee trinke ich allerdings immer am selben Ort. Nebenan gibt es einen Zeitungskiosk.

»*Oggi c'è la Sud-Deutsche*«, sagt der Kioskverkäufer. Oder: »*Oggi c'è la Franke-Furrterre.*«

Ich frage mich, wie die deutschen Tageszeitungen am Erscheinungstag schon um sieben Uhr morgens den Weg nach Mattinata gefunden haben, und es beruhigt mich geradezu, dass an diesem Morgen weder *Sud-Deutsche* noch *Franke-Furrterre* zu haben sind. »*Oggi c'è solo Bilde.*«

Mit einer italienischen Zeitung unterm Arm schlurfe ich zur Bar und stelle mich zu den Männern am Tresen, wo der *barista* nacheinander fünf scheppernde Untertassen und fünf klirrende Löffel auf die Theke wirft und dann mit wenigen präzisen Handgriffen jeden *caffè* einzeln zubereitet. Mit einer Tasse, einem Gläschen Wasser, einem *cornetto* und der Zeitung verziehe ich mich nach draußen auf die Veranda, wo um diese Uhrzeit nur zwei Männer sitzen.

Schräg gegenüber dem Zeitungskiosk hat der Fischhändler, den mein Vater immer schon am frühen Morgen aufsuchte, um Goldbrassen oder Tintenfische zu erstehen, einen kleinen Stand aufgebaut. Während ich an meinem *caffè* nippe, parkt neben dem Fischverkäufer ein mit Melonen beladener dreirädriger Kleinlaster. Der Alltag rollt an.

Das Angenehme bei der Lektüre italienischer Zeitungen ist, dass ich kaum einen der hiesigen Politiker oder Promis kenne. So halte ich mich nicht lange mit Personality-Stories auf, sondern komme schnell zu den zwei oder drei in meinen Augen interessanten Nachrichten. Danach brauche ich an diesem Tag nicht lange zu suchen, am Nachbartisch ist nämlich bereits eine Diskussion entbrannt.

Zwei Manner um die fünfzig, der eine mit weißem Poloshirt, der andere in der graublauen Montur eines Busfahrers, sprechen, wenn ich sie richtig verstehe, über den Hintern von Michelangelos David, jener berühmten Statue, die in Florenz in der *Galleria dell'Accademia* und als Kopie auch auf der *Piazza della Signoria* steht.

Sofort schlage auch ich die entsprechende Doppelseite auf, auf der der athletische Körper von Goliaths Bezwinger abgebildet ist: der perfekte Mann. Nur dass der Artikel genau das Gegenteil besagt: »*L' uomo imperfetto*«.

Das Unvollkommene an der fünf Meter siebzehn hohen Statue scheint in erster Linie der Marmor zu sein. »Nur dritte Wahl«, hebt die Zeitung fett hervor und beruft sich auf das Urteil eines Materialforschers vom *Consiglio Nazionale delle Ricerche di Roma*.

Der Wissenschaftler hat ein paar Marmorbrösel unter die Lupe genommen, die im Jahr 1991 vom linken Fuß der Statue abgesplittert waren, als ein Verrückter mit einem Hammer auf das Kunstwerk eingeschlagen hatte. Anhand dieser Proben konnte festgestellt werden, dass der Marmor porös und löchrig ist. Er stammt aus Carrara. Sogar den Steinbruch, wo der Marmorblock um das Jahr 1464 herum, also noch vor Michelangelos Geburt, aus dem Fels herausgeschlagen wurde, meint der Forscher exakt benennen zu können.

Während ich mich noch an den Ergebnissen der spektroskopischen Untersuchungen abarbeite, haben meine Nachbarn ihre Lektüre schon weiter vorangetrieben. Lautstark bedauern sie den Bildhauer Michelangelo, der drei Jahre Arbeit in anatomische Studien gesteckt habe und am Schluss einen Muskel weglassen musste, nur weil ihm ein Stück Marmor abplatzte!

Ich überfliege die physikalischen Messungen sowie die ausführlich geschilderte erste Reinigung der Statue nach einhundertdreißig Jahren und dringe in jene Lücke zwischen der Wirbelsäule und dem Schulterblatt der Statue vor, um die sich das Gespräch am Nebentisch gerade dreht. Die Vertiefung befindet sich auf der rechten Seite des Rückens zwischen Trapezius, Rhomboideus und Latissimus dorsi. Zwei Anatomie-Professoren der Universität Florenz haben entdeckt, dass in diesem Abschnitt ein Muskel fehlt.

Dieser kleine, aber erkennbare Makel sei nicht Michelangelo zuzuschreiben, sondern eine Folge der schlechten Qualität des Steins. Vor Michelangelo hätten sich bereits zwei andere Bildhauer, Agostino di Duccio und Antonio Rossellino, an dem gigantischen Marmorblock versucht, der unter schwierigen Umständen nach Florenz gebracht worden war, ihn aber nach kurzer Zeit für unbrauchbar befunden. Michelangelo habe ihn trotzdem bearbeitet, in einem Brief jedoch ausdrücklich erwähnt, dass er sein Werk an dieser Stelle nicht habe vollenden können, weil der Marmor brüchig war.

Abgesehen davon sei jedes anatomische Detail korrekt, heben die Forscher hervor, selbst die für Davids Größe doch recht klein erscheinenden Genitalien, die vermutlich am häufigsten fotografierten Genitalien auf diesem Erdball. Deren Schrumpfung sei allein auf die Anspannung vor dem Kampf gegen Goliath zurückzuführen.

Der Busfahrer gibt deutlich zu erkennen, was er von dieser Argumentation hält: gar nichts! So einen Unsinn habe er noch nie gehört. Aus dem Stegreif entwirft er eine ganz andere Theorie: Er sei der festen Überzeugung, dass der drittklassige Marmor auch an dieser Stelle winzige Löcher und Äderchen hatte und einfach wegbrach. So ein Penis sei doch schon von Natur aus eine äußerst delikate Angelegenheit. Natürlich habe Michelangelo das niemals zugeben können!

Wie hätte er dagestanden, wenn er damit herausgerückt wäre, dass er – zack – mit einem unvorsichtigen Schlag, vielleicht nur mit einer kleinen Feile … Nein! Ein fehlender Rückenmuskel sei eine Sache, das könne man keinem Bildhauer wirklich übelnehmen, der aus einem so schlechten Marmorblock ein solches Kunstwerk geschaffen habe. Bis heute schwärmten alle italienischen Frauen – und nicht nur sie – von diesem David und seinem Hintern. Aber wenn herausgekommen wäre, dass Michelangelo an diesem heiklen Punkt seiner Arbeit nicht so konnte, wie er wollte? »*Che figura!*«

Damit sei auch klar, weshalb sich der Bildhauer in späteren Jahren seinen Marmor immer selbst vor Ort aussuchte, warum sich Michelangelo mit betrügerischen Lieferanten stritt, alle Arbeiten im Steinbruch genauestens verfolgte und dabei sogar mehrfach sein Leben riskierte, wie im Zeitungsbeitrag weiter berichtet wird.

»Wäre es nur um einen Rückenmuskel gegangen, hätte er sich bestimmt nicht so angestellt. Aber nach so einer Erfahrung!«

Der Busfahrer hat aus dem Rohmaterial der Zeitung eine neue Geschichte herausgemeißelt. Seinen Triumph genießend, nimmt er einen letzten Schluck Cappuccino, schlägt das Blatt zu und steht auf.

»Hier, nimm sie mit!«, sagt er zu seinem Gegenüber, drückt ihm die Zeitung in die Hand und klopft ihm auf die Schulter. »Gib sie deinem Schwager, dem Steinmetz, und sag ihm, er soll uns eine schöne Skulptur machen, einen Padre Pio oder jemand anderen! Aber den richtigen Marmor soll er dafür aussuchen!«

17

Mattinata: der Morgen, der Vormittag. Über dem Meer das silbrige Schillern des beginnenden Tages. Am Abend verschwindet die Sonne unbemerkt hinter dem Gebirge. Dann sitze ich gerne am Hafen oder am Ende des Steinwalls, der ins Meer hineinreicht, und schaue auf das weiße Dorf, in das die Herkunft meines Vaters mich geführt hat. Im Abendlicht sieht es wie ein Schmetterling aus, der sich am Hang niedergelassen hat, angelockt von einer jener Orchideenarten, die nur hier im Gargano auf kargem, trockenem Boden wachsen.

Ein Schmetterling erkennt die Orchidee an ihren Farben, Formen und Gerüchen. Er nimmt keine Blüte wahr ohne Bezug auf das, was bereits in seinem Gedächtnis gespeichert ist. Sogar an die Gerüche der Pflanze, auf der er einst als Raupe gelebt hat, kann er sich erinnern und legt dort seine Eier ab.

Wenn ich Mattinata beschreibe, bin ich versucht, Sinneseindrücke, Erinnerungen und Gefühle voneinander zu trennen. Unmöglich, den Wirbel von Gerüchen einzufangen, der mit dem Anblick des Dorfes verbunden ist und den ich seit meiner Kindheit in mir trage. Ich suche nach passenden Worten für das, was in meinem Innern in Bewegung gerät, und finde sie nicht.

Trotzdem habe ich vor einigen Jahren angefangen, Plätze zu skizzieren, die ich in Mattinata aufsuche, oder Gespräche aufzuzeichnen, die ich mit meiner Nonna führe. Vielleicht nur aus einer Gewohnheit heraus. Vielleicht in der Hoffnung, dass mir meine Notizen bei der Rekonstruktion dieser Welt auf die Sprünge helfen.

Als Kind bin ich oft bei dem Versuch gescheitert, meinen deutschen Freunden den Gargano näherzubringen. Zum Beispiel, als ich mit meinem Geschichtsleistungskurs nach Rom fuhr. Es war meine erste Italienreise ohne meine Familie, die erste Italienreise, die nicht nach Mattinata führte. Einige meiner Schulkameraden hatten Rom schon vor unserer Klassenfahrt zusammen mit ihren Eltern besucht. Sie waren erstaunt zu hören, dass ich – »Du bist doch Italiener!« – den Petersdom nur aus dem Reiseführer kannte und mich mit den Römern nicht unterhalten konnte.

Als wir unterwegs zur Sixtinischen Kapelle durch den Kartensaal der Vatikanischen Museen gingen, stand mit einem Mal mein Italien vor mir: »Garganus Mons« auf einem Gemälde aus dem 16. Jahrhundert! Mitten in Rom, auf einer drei Meter hohen und vier Meter breiten Landkarte, meine heimliche Hauptstadt »Matinata«, umgeben von einem nachtblauen Meer!

Wie gebannt blieb ich vor der historischen Karte stehen. Augenblicklich hatte ich das Bergdorf vor Augen, brachte aber nicht mehr als ein paar wirre Sätzen über das weiße Gebirge und die weißen Häuser, über meinen Vater, meine Nonna und den Stauferkaiser Friedrich II. hervor. Vergeblich versuchte ich, den Strom meiner Mitschüler hin zu Michelangelos Fresken zu stoppen. Niemand hörte mir zu. Meine Schulkameraden wähnten sich in Rom an der Wiege der abendländischen Kultur. Für sie lag der Gargano da, wo Europa aufhört: völlig ab vom Schuss.

In mir dagegen weckte die prachtvolle Karte in den Vatikanischen Museen ein Bewusstsein dafür, wie sehr die Geschichte dieses entlegenen Landstrichs, in dem ich die ersten fünfzehn Sommer meines Lebens verbracht hatte, Teil der europäischen Kulturgeschichte ist. Von den muslimischen Sarazenen, die im Gargano eingefallen waren und nach denen der Hausberg Mattinatas, der »Monte Saraceno«, benannt ist, hatte ich seit meiner Kindheit immer wieder gehört. Auch von den Normannen, die das mächtige Kastell in Monte Sant'Angelo ausgebaut hatten, oder den Staufern unter Friedrich II. Der Kaiser des römisch-deutschen Reichs hatte von Apulien aus regiert, Foggia zu seiner Residenz gemacht und seine Geliebte und spätere Ehefrau, Bianca Lancia, in besagtem Kastell besucht.

Nach dieser Klassenfahrt schrieb ich einen Aufsatz, der nicht von der vergangenen Größe Roms handelte, sondern von jahrhundertelanger Fremdherrschaft. Von jenem Blick auf die Landkarte, der immer wieder aufs Neue die Illusion geweckt haben musste, vom Süden der Apennin-Halbinsel aus den Mittelmeerraum kontrollieren und beherrschen zu können. Sarazenen, Normannen und Staufer, Habsburger und Bourbonen fielen mit Flotten und Heeren in die Region ein. Selbst die Gründung des Königreichs Italien im Jahr 1861 hat sich als schmerzliches Ereignis in die Seele des Südens eingebrannt. Auch in die des Dorfes Mattinata, das sein eigenes Gedächtnis hat.

18

Die Jahre unmittelbar nach der Staatsgründung zählen zu den blutigsten in der Geschichte Mattinatas. Die Einigung Italiens sprengte die Dorfgemeinschaften. Im Gargano und im gesamten Süden formierte sich Widerstand gegen die Dynastie aus dem norditalienischen Piemont, die von weiten Teilen der Landbevölkerung als neue Besatzungsmacht empfunden wurde. Die Empörung der Bauern und Tagelöhner über Zwangsrekrutierungen und Einheitssteuern, darüber, dass die lang ersehnte Landreform ausgeblieben war, entlud sich in Angriffen auf Vertreter der Obrigkeit. Viele schlossen sich den bewaffneten Briganten an.

In Mattinata zündeten Widerstandskämpfer zu Beginn des Jahres 1862 das Gut des Pfarrers Don Luigi Basso an, schleiften ihn auf die *piazza* und kippten seinen gesamten Vorrat an Olivenöl auf die Straße: zweihundertsiebzig Liter. Nach kleineren Scharmützeln versuchte eine Hundertschaft bewaffneter Männer aus der Region die Festung Monte Sant'Angelo zu stürmen. Den besser ausgerüsteten Truppen des Königs waren sie hier wie anderswo unterlegen. Es folgten Verhaftungen und Hinrichtungen, abermals Brandstiftungen, Morde, neue Vergeltungsaktionen.

In diesen Wochen erschossen piemontesische Soldaten in Mattinata unter anderen Tommaso Sacco auf offener Straße, einen Sechsunddreißigjährigen, der denselben Namen trug wie der Vater meiner Nonna. Sie weiß zwar nicht, ob er zu ihren direkten Vorfahren zählte, wohl aber, dass ihre bäuerlichen Ahnen damals mit den Briganten sympathisierten.

Aus ihrem eigenen tiefsitzenden Misstrauen gegen den Staat hat meine Nonna nie einen Hehl gemacht.

In einer kleinen Schublade, in der ich einige Familiendokumente aufbewahre, liegt ein Schriftstück aus dieser Zeit, unterzeichnet von dem Arzt Ignazio di Padova, der damals für die Gemeindeverwaltung tätig war. Im August 1862 nahm er eine Todesanzeige zu Protokoll, nachdem zwei Landbesitzer aus Mattinata die Leiche eines siebenundfünfzigjährigen Mannes gefunden hatten. Jahrzehnte später tauften die Eltern meines Nonno ihren ersten Sohn, den Enkel jenes Arztes, auf den Namen Ignazio di Padova. Einzelne Mitglieder aus diesem Zweig der Familie haben bis in die Zeit des Faschismus hinein im Staatsapparat gearbeitet.

Meine Urgroßeltern wurden in den 1880er Jahren geboren, zu einer Zeit, da sich das soeben geeinte Italien in eine Auswanderernation verwandelte. Hunderttausende verließen ihre Dörfer und Städte. Nach dem Verfall der Getreidepreise machten sich Bauern, Tagelöhner und Hirten auf den Weg in jene Länder, in denen die Industrialisierung bereits vorangeschritten war und die auch ungelernten Arbeitern Verdienstmöglichkeiten boten. Landarbeiter aus Mittel- und Norditalien zogen in die leicht erreichbaren europäischen Nachbarländer, die süditalienischen Emigranten brachen mit Dampfschiffen nach Argentinien, Brasilien und Nordamerika auf.

In Mattinata setzte die Massenauswanderung ein wenig verzögert ein. Das Dorf lag abseits der traditionellen Verkehrswege und neuen Eisenbahnlinien. Nur Eselspfade durchzogen das Gargano-Gebirge. Erst 1893 wurde die erste Straße fertiggestellt, die Mattinata mit Monte Sant'Angelo verband, von wo aus gelegentlich Ärzte, Hebammen oder Lehrer hinunter in den Ort kamen.

Bilder aus dieser Zeit zeigen das Dorf als Ansammlung eingeschossiger Steinhäuser, deren Bewohner zusammen mit Eseln und Ziegen, Schweinen und Hühnern, Wanzen, Läusen und Stechmücken lebten. Von achthundertvierzehn Familienoberhäuptern in Mattinata arbeiteten um die Jahrhundertwende sechshundertachtundsechzig als Tagelöhner, Kleinbauern und Bauern, Ziegenhirten und Maultiertreiber. Überall muss es nach Vieh, Mist und altem Stroh gerochen haben. Malaria, Typhus und Cholera grassierten. Bis die Verwaltung erstmals zwei Karren anschaffen ließ, um die Fäkalien von Mensch und Tier regelmäßig nach Sonnenaufgang einzusammeln und außerhalb der Ortschaft zu deponieren, sollte es noch zwei Jahrzehnte dauern.

Doch die größte Gefahr ging von der Erde selbst aus. Meine beiden Urgroßväter Tommaso und Michele waren neun Jahre alt, als Mattinata von der schlimmsten Naturkatastrophe seiner Geschichte heimgesucht wurde. Die Erde im Gargano hatte schon manches Mal gebebt, aber von April 1892 an kam das Dorf über zwei Jahre hinweg nicht mehr zur Ruhe. Das Gebirge erzitterte in Abständen von Wochen, Tagen, manchmal nur wenigen Stunden.

Am Mittag des 1. Juli 1893 wurden die Erschütterungen so heftig, dass Mauern Risse bekamen und einzustürzen drohten. Bei fünfzehn Nachbeben innerhalb von vierundzwanzig Stunden traute sich kaum noch jemand ins eigene Haus zurück. Bis Monatsende zählte man in Mattinata sage und schreibe zweihundertsechsundsechzig Erdbeben, für die der damalige Direktor des Geodynamischen Observatoriums in Vico del Gargano, Giuseppe del Viscio, eine plausible Erklärung hatte: Sie seien vulkanischen Ursprungs. In naher Zukunft werde sich am Fuße des Dorfes ein Krater auftun und ein erloschen geglaubter Vulkan werde den ganzen Ort verschlingen.

Der nahende Vulkanausbruch, von dem auch die Zeitungen berichteten, bereitete den Dorfbewohnern Albträume. Ihre schlimmsten Befürchtungen schienen wahr zu werden, als am Abend des 10. August Teile der Küste abbrachen und der Leuchtturm in sich zusammenstürzte, als hätte man ihn in die Luft gesprengt. Unter Donnergrollen fiel das Dorf von einer Minute auf die andere in Schutt und Asche.

Wie durch ein Wunder begruben die Trümmer nur wenige Menschen unter sich – die meisten waren zu dieser Stunde – kurz vor zweiundzwanzig Uhr – auf der Straße. Doch von nun an mussten Hunderte Familien im Freien schlafen. Die knapp drei Dutzend notdürftig errichteten Baracken boten nur wenigen Platz. Wer Verwandte in der Umgegend hatte, bei denen er Unterschlupf finden konnte, verließ das Dorf. Andere überlegten, ob es nicht besser wäre, einen neuen Anfang in Übersee zu machen, als das Leben auf den Trümmern der Vergangenheit aufzubauen.

Die Abwanderungswelle hatte zu diesem Zeitpunkt bereits den gesamten Süden erfasst. Immer mehr Männer setzten nach Amerika über, mit dem Plan, später ihre Brüder, Frauen und Kinder nachkommen zu lassen. Waren zwischen

1890 und 1900 etwa sechshundertfünfzigtausend Italiener in New York und anderen amerikanischen Küstenstädten an Land gegangen, setzten in der darauffolgenden Dekade mehr als zwei Millionen Italiener über in die neue Welt. Als sich meine beiden Urgroßväter diesem Strom anschlossen, wurde auch meine Familie eine von Migranten.

19

»Warum hast du den Nonno geheiratet?«

Ihre Hände fahren in die Höhe und sinken wieder in den Schoß, als hätte ich ihr keine dümmere Frage stellen können. Sie schiebt die Unterlippe vor und dreht den Kopf zur Seite. Im Profil sieht ihr kurzes, nach hinten gekämmtes Haar voller aus. Als einzigen Schmuck trägt sie goldene Ohrringe, dezente Stecker, die sich an ihr langes Ohrläppchen anschmiegen.

»Als wir heirateten, kannte ich deinen Nonno schon lange«, sagt meine Nonna nach einer Weile und schaut wieder in meine Richtung. »Er kam abends vorbei, wir saßen vor dem Haus und redeten bis elf Uhr oder bis zwölf. Manchmal sang er etwas.«

»Was sang er?«

»Dein Nonno konnte gut singen. Er sang und spielte Gitarre dazu.«

»Erinnerst du dich an eins seiner Lieder?«

Sie hebt den rechten Zeigefinger und bewegt ihn mehrmals hin und her.

»Nein, daran erinnere ich mich nicht.«

Nach einer kurzen Pause wirft sie ein: »*Parlami d'amore, Mariú* – das ist ein Lied, an das ich mich erinnere.«

In den 1930er Jahren war dieses neapolitanische Liebeslied durch einen Kinofilm bekannt geworden. *Sprich zu mir von der Liebe, Mariú. Mein ganzes Leben bist Du, Deine schönen Augen glänzen …*

Ich versuche, mir meinen Nonno vorzustellen, auf dem Mäuerchen vor dem Haus sitzend, die Gitarre in der Hand, mit schmelzender Stimme.

»Ihm gefielen die Gespräche mit mir«, fährt meine Nonna fort. »Schon vier Jahre bevor wir heirateten, erklärte er mir seine Liebe. Ich sehe seinen Brief noch heute vor mir. Er war mit der Maschine geschrieben. Ich weiß nicht mehr, was drinstand, aber ich weiß noch genau, dass ich den Brief zu Hause vergaß, als ich zurück nach Vignanotica musste. Sofort erzählte ich einer Freundin davon, die ihn mit mir gelesen hatte und ihn nun für mich holen sollte. Meine Stiefmutter hatte ihn allerdings schon entdeckt. Natürlich sprach sie bei der nächsten Gelegenheit mit meinem Vater darüber, aber sein einziger Kommentar war: Bislang war es heimlich, jetzt ist es raus! Mehr sagte er nicht dazu.«

Sie zieht ein Taschentuch aus dem rechten Ärmel ihres schwarzen Kittels, wischt sich damit über die Lippen und stopft es zurück an die Stelle, an der auch meine deutsche Großmutter immer ein Taschentuch griffbereit hatte.

»Vier Jahre waren wir einander versprochen, ehe wir heirateten. Ich war damals schon nicht mehr so jung und ging auf die dreißig zu.«

»Was gefiel dir an ihm?«

»Er war genauso alt wie ich, ich mochte seine Fröhlichkeit. Aber wenn ich gewusst hätte, wie arm er war, hätte ich es mir noch einmal anders überlegt.«

»Warum?«

»Dein Nonno hatte nichts, als wir heirateten! Als wir zusammenzogen, rückte er mit einem Koffer an, da waren seine Arbeitskleidung und ein Anzug drin. Ansonsten besaß er nichts, nur das, was er am Leib trug!«

Ihre Miene verfinstert sich.

»Weißt du, wie schwierig es ist, ohne eine Lira in der Tasche eine Familie zu gründen?«

»Verdiente er denn so schlecht?«

»Er verdiente schon, aber er gab das Geld aus, traf sich mit Freunden und trank.« Daher hätten sie nach der Hochzeit von der Hand in den Mund gelebt und eine winzige Einzimmerwohnung beziehen müssen, ganz in der Nähe der Bar, in der ich morgens meinen *caffè* trinke. Erst Ende der vierziger Jahre, als mein Vater bereits im schulpflichtigen Alter war, seien sie hierhin umgezogen, in das Haus, das ihr Vater ihr vermacht hatte.

»Wenn ich nicht so sparsam gewesen wäre, hätten wir die Familie kaum durchgebracht. Über die Jahre hinweg habe ich immer wieder kleine Beträge zurückgelegt und nach seinem Tod eine kleine Wohnung in der Via Zuppetta dazugekauft.«

»Hattest du damals noch andere Bewerber oder war er der einzige?«

»Er war nicht der erste. Es gab davor schon einige andere, darunter einen, der mir gefiel, einen Schreiner namens

Libera. Aber meine Eltern mochten seine Mutter nicht. Mein Vater sagte, dass ich auch mit der Schwiegermutter auskommen müsse, wenn ich ihn heiraten würde, und irgendwie hatte er damit auch recht.«

Ihr Vater habe versucht, ihr die Hoffnung auf eine Verbindung mit dem Schreiner dadurch auszutreiben, dass er eine Beziehung zu einem Bauernsohn namens Giulio einfädelte. Über ein paar Monate hinweg habe der neue Bewerber sie in Vignanotica aufgesucht und sei in Mattinata ums Haus geschlichen. Einmal habe er ihr sogar Blumen mitgebracht.

»Doch ich wollte keinen Bauern zum Mann. Ich hatte genug von der Landarbeit. Eine Cousine von mir kam morgens ins Dorf, um das Mehl für das Brot mahlen zu lassen, und ging abends wieder zurück nach Vignanotica. Ich schaffte das mit meiner kaputten Hüfte nicht.«

Schon mit Anfang zwanzig fühlte sie sich müde, aufgerieben von der Feldarbeit und vom ständigen Hin und Her zwischen Mattinata und Vignanotica. Sie träumte von einem weniger harten Arbeitsalltag, wollte ins Dorf zurückkehren und nach langen Jahren der Zurückgezogenheit wieder häufiger mit Gleichaltrigen zusammen sein.

Da sie sich auf Handarbeiten aller Art verstand, kam sie auf die Idee, mit dem Geld, das sie von der Mutter geerbt hatte, einen kleinen Laden in Mattinata zu eröffnen. Ein Kurzwarengeschäft sollte es sein. Ihr Vater konnte dem Vorhaben einiges abgewinnen, obschon im Ort damals die Meinung vorherrschte, eine Frau gehöre nicht hinter eine Ladentheke, sondern an den Herd. Das sah auch ihre Stiefmutter so. Sie sprach sich aber vor allem deshalb dagegen aus, weil damit klar gewesen wäre, dass die einzige Tochter fortan weder bei der Ernte noch im Haushalt hätte helfen können.

»Meine Stiefmutter hatte kein Verständnis für meine Nöte. Deshalb sage ich immer, dass Kinder ihre Mutter brauchen. Eine richtige Mutter hätte sich nicht dagegengestellt.«

Meine Nonna seufzt ein leises »*Dio misericordia*«, bevor sie von weiteren Bewerbern erzählt: einem schon betagten Onkel, der ihr nachstellte und aufdringlich wurde, und einem schmächtigen Schneider aus Monte Sant'Angelo. Als sie den Schneider erwähnt, denke ich sofort: Endlich jemand, mit dem sie ihre Vorliebe fürs Nähen hätte teilen können!

»Aber mir gefiel nicht, wie er lebte. Obwohl er Schneider war, sah man ihm seine Armut an. Die Kunden bezahlten ihn zwar, aber nicht mit Geld. Von diesem bekam er ein paar Eier, von jenem ein Huhn oder einen Krug Wein. Das war keine Perspektive für mich. Deshalb war ich froh, dass dein Nonno abends vorbeikam. Und dann passierte das, was passieren musste. Wir alle haben unsere Bestimmung. Alle. Ich jedenfalls glaube, dass es so ist.«

Als das Handy in meiner Badetasche klingelt, schiebt sie den Vorhang zur Seite und schaut nach draußen. Da ich die deutsche Rufnummer nicht kenne, stelle ich den Klingelton ab.

»Ich wusste nicht, dass du auch ein *telefonino* hast. In Mattinata haben viele Leute so ein Ding. Wie ist es möglich, damit bis nach Deutschland zu telefonieren? Wie kommen die Worte dorthin?«

Auf viel zu umständliche Art und Weise versuche ich, ihr zu erklären, dass es irgendwo in Mattinata eine Funkstation geben müsse, die das Gespräch weiterleitet. Sie zuckt mit den Schultern.

»Ich glaube, dass auch Gott ein *telefonino* hat. Nicht so ein kleines wie du und die anderen, sondern ein ganz großes. Damit kann er mit allen Menschen ständig in Verbindung bleiben.«

Und während ich mir Gott im Zentrum eines weltumspannenden Hochleistungskommunikationsnetzes vorzustellen versuche, ergänzt sie:

»Was Gott geschaffen hat, ist für uns Menschen unbegreiflich!«

20

So aufgekratzt habe ich meine Nonna selten erlebt. Als ich nach einem Spaziergang bei ihr in der Wohnstube sitze, platzt sie mit einer Begebenheit heraus, die sich vor zwei Tagen ereignet haben soll. Hauptfigur darin ist ein älterer Mann, der in der Früh mit dem Bus von Mattinata nach Vieste fuhr.

»Er ging von zu Hause los, traf einen Bekannten, sie redeten, die Zeit verstrich, und er merkte, dass er sich beeilen musste, um noch rechtzeitig zur Bushaltestelle zu kommen. Als er dort eintraf, stand der Bus schon da. Er stieg sofort ein.«

Ein breites Grinsen belebt ihr Gesicht.

»Der Bus war gerade bis Mattinatella gekommen, da drehten sich die ersten Leute zu ihm um. Es stank nach

Essensresten, verfaultem Obst und Gott weiß nicht was. Im Bus war es heiß, der Gestank wurde immer penetranter.«

Anscheinend hat sie durch einen Nasenzeugen davon erfahren und kann die Pointe kaum erwarten.

»Irgendwann fiel ihm auf, dass der Mief aus seiner Plastiktüte kam. Er hatte den Müllbeutel mitgenommen!«

Sie kichert und gluckst, als hätte sie einen Schluckauf bekommen, zieht ein zerlumptes Taschentuch aus der Schürze, mit dem sie sich über den Mund wischt.

»Er war mit dem Abfall, den er von zu Hause mitgebracht hatte, in den Bus nach Vieste eingestiegen!« Und um seine Verwirrung zu beschreiben, um deutlich zu machen, dass er seinen Kopf irgendwo da oben in den Wolken hatte, schraubt sie ihren rechten Arm energisch in die Höhe.

Nach einer Weile fährt sie mit ernstem Gesichtsausdruck fort, vor kurzem seien Tschechen in das Haus desselben Mannes eingezogen, eine Familie mit drei Kindern. Mit fünf Koffern seien sie in Mattinata angekommen, für jeden einen, sonst hätten sie nichts dabeigehabt. Der Mann arbeite auf einem Campingplatz, die Frau auch, die drei Kinder seien den ganzen Tag über in der Wohnung. Man bekomme sie nie zu Gesicht. Vierhunderttausend Lire müsse die Familie im Monat an Miete berappen. Auch eine Kaution von zwei Monatsmieten hätten sie bezahlt.

»Wer weiß, wieso sie nach Italien gekommen sind?«

Schon bringt sie ein zweites Ehepaar, aus Albanien, ins Spiel, das bis vor zwei Monaten im Ort lebte und über Nacht verschwand. Meine Gedanken schweifen ab. Ich bekomme nur noch mit, dass sich der Vorfall um ein eben erst eingerichtetes Apartment dreht und um Geld, um viel Geld: »*Dodici milioni!*« Zwölf Millionen Lire, etwa sechstausend Euro.

Eine Weile ist es still. Dann wechselt sie, als hätte sie meine Abwesenheit bemerkt, das Thema und wirft ein dialektales Wort in den Raum, das mir irgendwie bekannt vorkommt: »*Buccacce.*« Eine Dose? Ein Glas? Ein anderes Behältnis?

Jedenfalls sind gebrannte Mandeln darin, die sie vor meiner Ankunft in einer Pfanne karamellisiert hat und die nun in ihrer Küche auf mich warten. Ich solle sie mit nach Deutschland nehmen.

Die Tür zur Küche löst sich erst nach einer ruckartigen Bewegung vom Steinfußboden. Beim Eintritt in den dunklen Raum ziehe ich instinktiv den Kopf ein. Da das Haus der Nonna im Hang liegt, wird dieser Seitenflügel zum Souterrain. Nur unmittelbar hinter der Tür ist der Raum hoch genug, dass ich aufrecht stehen kann.

Ich schalte das Licht ein. Vor mir, an einem dicken Eisennagel befestigt, baumelt ein Knoblauchzopf, darunter ist eine Holzpalette, auf der kleine gelbe Birnen, grüne Weintrauben und schwarze Bananen liegen, jede Menge schrumpelige Eiertomaten, ein Büschel Basilikumblätter und ein Häuflein grüner Paprikaschoten. Keine Gemüsepaprika, wie sie die Nonna früher mit einer Mischung aus gebratenem Hackfleisch, in Milch aufgeweichtem Brot, Zwiebeln und Knoblauch füllte, sondern deutlich kleinere, die sie vermutlich in Öl anbraten wird. Diese Bratpaprika laufen bei ihr unter dem Namen *pipidinie.* Außerdem spricht sie von *sciabblott,* womit mittelgroße Paprikaschoten gemeint sind, die eine gebogene Form wie ein Säbel, *sciabola,* haben, wohingegen die noch kleineren, scharfen Paprika *pipidinicchie* heißen, während *puzzutidd* eine nachdrückliche Warnung davor ist, dass es nun höllisch scharf wird.

Vor der Holzpalette, direkt neben meinem Fuß, kauert eine Küchenschabe in einem blauen Plastikschälchen. Mit meiner Sandale stoße ich den Behälter vorsichtig an, um zu prüfen, ob der Kakerlak noch lebt, und erschrecke unverhältnismäßig, als er plötzlich losläuft. In meiner Erinnerung wimmelt es mit einem Mal von winzigen Käfern, die sich in Oreganogläsern einnisten, und Maden, die sich zwischen getrockneten Pilzen schlängeln. Je weniger meine Nonna isst und je schlechter sie sieht, umso unbekümmerter reißen solche Küchenmitbewohner ihre Reserven an sich.

Als ich noch ein Kind war, musste ich mich während des Urlaubs manchmal nachts durch ihre Küche zur Toilette schleichen. In einem für mich unvergesslichen Moment erblickte ich genau dort, wo soeben die Küchenschabe aus dem Plastikschälchen gehuscht ist, einen großen Topf. Zu jener Zeit kochte meine Nonna meinem Vater zuliebe ab und an Schnecken in Tomatensoße. Die im Wald gesammelten Schnecken wurden zum Aushungern und späteren Entschleimen in einen großen Aluminiumtopf gelegt.

Schon bevor ich die Küche betrat, hörte ich seltsame Geräusche. Als ich das Licht anknipste, sah ich, dass die Schnecken den leichten Deckel Stück für Stück zur Seite geschoben hatten. Etliche von ihnen waren bereits aus dem Topf gekrochen und auf Wanderschaft gegangen. Ihre Körper glitten über den Fußboden und an der glatten Küchenwand in die Höhe.

Ich blieb wie angewurzelt stehen. Als der Deckel des Topfes ein weiteres Mal verrutschte, rannte ich aus der Küche und zog mir im Bett die Decke über den Kopf. Da ich die Küchentür offen gelassen hatte, breiteten sich die Weichtiere trotz ihrer energieaufwendigen Fortbewegungsart in der ganzen Wohnung aus. Noch beim Mittagessen am nächsten Tag entdeckte meine Nonna eine Schnecke, die an der Kehrschaufel klebte, und hielt mir den nackten grauen Körper, der sich unter wellenartigen Muskelkontraktionen langsam nach vorne schob, lachend entgegen.

Die Küchenschabe ist verschwunden. Mein Blick wandert weiter zu dem steinernen Spülbecken, in das der Waschmaschinenschlauch hineinreicht. Es ist so niedrig, dass ich mir nur noch schwer vorstellen kann, wie meine Mutter und meine ältere Schwester hier früher Geschirr spülten oder Wäsche wuschen.

Für mich, den Jungen, war die Küche Sperrgebiet, außer wenn es darum ging, mit einem scharfen Klappmesser einen Eimer voller verkrusteter Muscheln zu putzen, die mein Vater bei einer Bootstour zusammen mit Freunden in den frühen Morgenstunden vom Fels gelöst hatte. An solchen Tagen, an denen er schon auf dem Boot Muscheln und Seeigel frisch aus der Schale geschlürft hatte, nur mit ein bisschen Zitronensaft beträufelt, an denen er lebhaft erzählte, an welchem Abschnitt der Küste sie diesmal fündig geworden waren, spürte ich seine enge Verbindung zu Mattinata. Dann wünschte ich mir, mit ihm aufs Meer hinauszufahren, obschon mir bei dem Gedanken, rohe Muscheln oder Seeigel zu essen, schauderte.

Heute riecht es in der Küche nicht nach Schalentieren, sondern nach Weihnachtsmarkt. Dem Duft der Mandeln folgend, gehe ich in gebückter Haltung zum Küchenschrank, in dem ich zwischen leeren Tomatenmarkdosen, Tomatensoßengläsern und -flaschen zu meiner Überraschung zwei gelbe Dosen Nesquik entdecke. Weiter unten stapeln sich Töpfe ohne Henkel und Pfannen ohne Griffe. Ich weiß, dass meine Nonna nagelneue Töpfe und Pfannen besitzt. Aber sie bewahrt sie nicht im Küchenschrank auf, sondern bei jenen Sachen, die einmal an Enkel oder Urenkel weitervererbt werden könnten.

»*Buccacce!*«, ruft sie mir wartend aus der Stube zu.

Der nächste Aufruf – »*Cemmené!*« – klingt schon gereizter, gibt mir aber einen Anhaltspunkt, denn das Wort *cemmené* aus dem Mattinatesischen dürfte mit dem englischen *chimney* und dem französischen *cheminière* verwandt sein. Die Schornsteine der alten Häuser werden hier so genannt.

Ich drehe mich um und erblicke das Glas mit den gebrannten Mandeln auf der Kochstelle hinter den Töpfen, direkt unter dem Kaminabzug. Ihr Geruch begleitet mich zurück zur Küchentür, wo ich einen Moment auf das leere, blaue Plastikschälchen starre. Die Küchenschabe ist nirgends zu sehen. Aus den Weintrauben steigen Fruchtfliegen auf.

21

Sie sind aus Bruchsteinen aufgeschichtet, kleinen, großen, unregelmäßig geformten Steinen. Kein Mörtel, der sie zusammenhält. Trockensteinmauern, *muretti a secco*, begrenzen überall im Gargano Wege und Felder.

Im Duft der Pinien gehe ich an einer dieser verschwiegenen Mauern entlang. Der Boden ist steinig, dornige Sträucher am Wegesrand, irgendwann eine Herde imposanter, weißgrauer Rinder mit mond- und leierförmigen Hörnern. Friedlich kauen sie am stacheligen Wacholder.

Ich mache einen Bogen um die freilaufenden Rindviecher und schaue mich um nach Zeichen: die schneeweiße Blüte eines Kapernpflänzchens, der verdorrte Stumpf eines Ölbäums. Ihres Ölbaums? Oder begann ihr Land weiter unten, näher an der Steilküste?

Auf dem Plateau in Vignanotica wächst heute kein Getreide mehr. Rundum trockenes Gestrüpp. Die wenigen Strommasten zeugen von den Bedürfnissen der Touristen, die einige hundert Meter von hier in Bungalows und Hotels wohnen und auf herrliche Buchten schauen.

Wer hat bloß all die Steine herbeigeschafft, der Größe nach sortiert, ein Fundament gelegt und sie dann Schicht für Schicht aneinandergefügt? Konnte man Tagelöhner mit dem Mauerbau beauftragen? Sie fernab vom nächsten Dorf wochenlang Bruchstein an Bruchstein legen lassen? Beherrschte der Vater meiner Nonna, mein Urgroßvater Tommaso, dieses Handwerk, das heute fast vergessen ist? Und wenn ja, musste er über der schier endlosen Mühe nicht alles

Zutrauen zu sich und der Welt verlieren? Ging er deshalb von hier fort?

Als er dreiundzwanzig Jahre alt war, nahm mein Urgroßvater ein Schiff nach Amerika. In Worcester und später in Pittsburgh baute er Straßen, Bahntrassen, Häuser, besuchte zwischenzeitlich einen Englischkurs, schaffte es aber trotz harter Arbeit nicht, irgendwo Fuß zu fassen. Drei Jahre lang hangelte er sich von Gelegenheitsjob zu Gelegenheitsjob. Schließlich fuhr er mit einer Handvoll Dollar nach Italien zurück, griff wieder zur Spitzhacke und kultivierte das Land, das er zurückgelassen hatte. Stein um Stein.

Die Mauer endet hinter einer Pinie und kauert sich an den Fels. Plötzlich schwillt das Ts-Ts-Ts der Zikaden an. Zu Dutzenden, zu Hunderten sitzen sie auf der dunklen Rinde der Pinie, gut getarnt, beinahe durchsichtig. Unter ihrem Gesang pulsiert die heiße Luft.

Auf dem Rückweg begegne ich erneut den urigen Podolica-Rindern mit den Mondhörnern. Eines schaut mich unverwandt an. Unter seinen großen, dunklen Augen tanzt eine Fliege auf dem hellen Fell.

Ich muss an den Film von Sergio Leone denken, den ich mir kürzlich wieder angesehen habe: *C'era una volta il West*, auf Deutsch unglücklich übersetzt: *Spiel mir das Lied vom Tod*. Die Eingangsszene: drei wartende Männer an einer Bahnhofstation mitten in der Prärie, die kein Wort miteinander wechseln. Stattdessen schaut man in eine öde Landschaft und in verschwitzte Gesichter, hört Wasser auf eine Hutkrempe tropfen und das Summen einer lästigen Fliege. Die Zeit dehnt und dehnt sich, bis einer der Ganoven die Fliege mit dem Lauf seines Revolvers fängt, in dem sie noch eine Weile vor sich hin brummt.

In einer späteren Einstellung scheppern Hunderte Schaufeln: in Schweiß gebadete Männer beim Verlegen von Bahngleisen, Wanderarbeiter, die für einen tuberkulosekranken Großindustriellen schuften, der um jeden Preis noch erleben möchte, wie seine Bahnlinie den Pazifik erreicht. Der Magnat ist genauso wortkarg und einsam wie die von ihm angeheuerten Aufseher, Agenten und Banditen.

Spiel mir das Lied vom Tod war eine meiner frühesten Kinoerfahrungen. Nachdem ich meinen ersten Italo-Western gesehen hatte, interessierten mich die deutschen Karl-May-Verfilmungen nicht mehr, in denen Rothäute gegen Forts und Wagenburgen anritten und Bleichgesichter an den Marterpfahl stellten. In meiner jugendlichen Aufbruchsstimmung war Sergio Leones Amerika reizvoller, bedrohlicher für mich, voller großartiger Verheißungen, skrupelloser Geschäftemacher und Desperados.

Die neue Welt: eine schlechte Kopie der alten.

22

Köln 21. 6. 1969

Liebe Frau heute antworte ich auf deine Nachricht …

Worte auf kariertem Papier, wie man sie im Dialekt ausspricht, ohne irgendwelche Satzzeichen dahinfließend.

… du bist immer noch die gleiche Frau da Gott es so will wirst du dich wohl niemals ändern …

»Was meint mein Nonno damit, dass du dich niemals ändern wirst?«

»Wir hatten beide unsere Eigenarten. Manchmal regte er sich auf und sagte Sachen, aber dann beruhigte er sich wieder.«

»Was für Sachen sagte er?«

»*Eh!* Wenn er wütend war, sagte er viel! Einmal meinte er, er würde mich in der Zisterne ertränken. So war er.«

Sie legt den Zeigefinger an ihre Lippen.

»Ich bin immer still geblieben. Ich habe nie etwas gesagt. Nie! Ich wusste, dass es vorübergeht. Irgendwann fragte ich ihn, ob sein Ärger verraucht sei, meiner sei jedenfalls weg, und er antwortete: Meiner auch. Es war immer das Gleiche.«

... wirst du dich niemals ändern was ich dir schicken muss schicke ich dir solange ich in Deutschland arbeite ...

»Schickte er dir regelmäßig Geld aus Deutschland?«

»Er schickte mir immer mal wieder Geld, alle zwei Monate, alle drei Monate, einmal im halben Jahr. Ich wusste nie, wann etwas kommen würde, wie viel es sein würde. Ich konnte mich nicht darauf verlassen. Deswegen habe ich immer gearbeitet, um mir meinen Lebensunterhalt zu verdienen. Immer!«

Aber nicht nur ihr sei es so ergangen. Andere Frauen, die als *vedove bianche*, als »weiße Witwen«, allein im Ort zurückgeblieben waren, hätten dasselbe erlebt. Manche von ihnen hätten vergeblich auf Geld aus Deutschland gewartet und seien ihren Männern deshalb nach einiger Zeit hinterhergezogen.

»Wie lange wollte mein Nonno in Deutschland bleiben?«

»Anfangs sagte er, ein Jahr oder zwei, dann wurden es fünf, sechs Jahre, bis er nicht mehr arbeiten konnte. Er kam zurück, um hier zu sterben.«

Ihr Kopf dreht sich in Richtung Schlafzimmer.

»Dein Nonno lag da drinnen auf dem Bett. Er trug ein Kettchen um den Hals, und ich konnte von hier aus beobachten, ob sich das Kettchen hob und senkte und er noch atmete.«

Den nächsten Abschnitt seines Briefs kann ich nicht entziffern.

Meine Nonna kramt eine Brille aus ihrem Beutel, setzt sie auf und nimmt das Papier an sich, hält es zuerst dicht vor ihre Gläser, dann weiter weg.

In ihren letzten Jahren in Vignanotica arbeitete sie nicht mehr ausschließlich für die Familie, sondern half benachbarten Bauern bei der Tomaten- und Olivenernte und verdiente eigenes Geld. Von ihren Ersparnissen leistete sie sich kurzzeitig den Besuch einer Abendschule im Dorf, wo sie sich während der Wintermonate zusammen mit einer Cousine Grundkenntnisse im Lesen und Schreiben aneignete. Schnell lernte sie, einzelne Wörter und kurze Sätze zu entziffern und ihren eigenen Namen aufs Papier zu bringen. Von dem, was sie sich damals beibrachte, ist das meiste im Laufe der Jahrzehnte verlorengegangen. Wenn sie heute ihre Unterschrift leisten soll, zieht sie sich lange zurück.

Seit Jahren habe ich sie nicht mit Brille gesehen, obschon

sich ihre Altersweitsichtigkeit verschlimmert haben dürfte. Niemand hat sie dazu bewegen können, auch nur ein einziges Mal in ihrem Leben einen Optiker aufzusuchen. Eine für sie angefertigte Brille hätte ihr das Nähen mit der Maschine sicherlich erleichtert. Diese Gläser dagegen hat ihr eine Verwandte geschenkt, eine Ordensschwester, für die die Gläser irgendwann nicht mehr stark genug waren. Meiner Nonna passte das Gestell, also gab sie sich damit zufrieden. Ich befürchte, dass sie mit Brille keinen Deut besser sieht als ohne.

Nachdem sie die Gläser wieder abgenommen hat, gibt sie mir den Brief kommentarlos zurück.

… was ich dir schicken muss schicke ich dir solange ich in Deutschland arbeite …

Danach geht es um einen Besuch meines Nonno bei meinen Eltern, um Vorwürfe, die meine Nonna wegen irgendwelcher Geldbeträge erhoben hat und die er scharf zurückweist. Sie erinnert sich nicht daran, was damals vorgefallen war.

Aus der schwarzen Handtasche auf ihrem Schoß holt sie noch zwei weitere blaue Umschläge hervor, die mit Wertzeichen der Deutschen Bundespost beklebt sind, Marke Brandenburger Tor.

Ich brauche eine Weile, um die wenigen Zeilen so weit zu entziffern, dass ich den Inhalt halbwegs verstehe. Wiederum teilt ihr mein Nonno mit, wann er zuletzt bei meinen Eltern zu Besuch war, was sich in unserer Wohnung verändert hat und wie es uns Kindern geht. Außerdem kündigt er an, er werde in den Sommerferien nach Italien kommen.

»Es sind nur diese drei Briefe«, sagt sie. »Mehr habe ich nicht. Mehr hat er mir in jenen Jahren nicht geschrieben.«

»Ich bin froh, dass du sie mir gezeigt hast. Ich war mir nicht einmal sicher, ob mein Nonno schreiben konnte.«

»Er konnte gut schreiben! Das hatte er schon in Amerika gelernt.«

Als Nächstes zieht sie ein Bild von ihm aus der Tasche. Auf fast allen Aufnahmen, die ich von meinem Nonno kenne, trägt er Arbeitskleidung: ein unrasierter Bauarbeiter mit Zigarette im Mund, Putz- und Farbflecken auf Hemd und Hose. Dieses Foto aber, das gleiche, das auf der Kommode im Schlafzimmer steht und auf seinem Grabstein angebracht ist, zeigt ihn mit hellem Sakko und getupfter Krawatte, ein gutaussehender Mann mit hoher Stirn und leicht gewelltem Haar, wachen, dunklen Augen, weichen Gesichtszügen und einem schmalen Oberlippenbart über dem sinnlichen Mund.

»Hast du noch andere Bilder von ihm?«

»Nein.«

»Hast du kein Bild von eurer Hochzeit?«

Sie bewegt den Zeigefinger hin und her.

»Nicht einmal am Hochzeitstag habt ihr ein Foto von euch machen lassen?«

Die Mattinateser sind vernarrt in Hochzeitsfotos und -filme. Heutzutage geben junge Brautpaare Tausende Euro dafür aus. Ein Fotograf hält fest, wie sich die Braut ankleidet – schon Wochen vorher posiert sie dafür stundenlang vor dem Spiegel –, wie der Vater des Bräutigams sie zu Hause abholt und zur Kirche begleitet, wie der Bräutigam dort wartet, die Ringe bereithält; dann die immer gleichen Fotos am Traualtar, bei der Feier, vor einem Felsen am Strand. Der Hochzeitsfilm enthält zudem Einspielungen von sich öffnenden

Orchideenblüten, einer Christusfigur, die dem Brautpaar mit einem Auge zuzwinkert, oder einer lächelnden Muttergottes, untermalt mit Orgel- oder Popmusik. Ohne dieses Brimborium wäre eine süditalienische Hochzeit schlicht unvollständig. Und meine Nonna soll vom Tag ihrer Eheschließung kein einziges Foto haben?

»Das begreife ich nicht!«

»Es war eine bescheidene Hochzeit. Nach der Kirche gab es keine Feier, sondern nur ein kleines Abendessen. Wir waren nur zu fünft.«

»Nur fünf Personen?«

Bei der letzten Hochzeit, zu der ich in Mattinata eingeladen war, kamen dreihundertfünfzig Leute, die Feier galt nicht als außergewöhnlich groß. Mein Nonno hatte sieben Geschwister und Stiefgeschwister, Nonnas sogenannte Cousinen kann ich gar nicht aufzählen, so viele sind es. Selbst wenn nur die nächsten Familienangehörigen da gewesen wären, hätte die Bude voll sein müssen.

»Die Zeiten waren andere als heute. Nach dem Essen ist er mit seinem Koffer zu mir gekommen. Er besaß nichts, nicht einmal einen Bund Streichhölzer!«

Fast im Zorn steckt sie die drei Briefe und das Bild zurück in die Handtasche, aus der sie nun ein Bild ihres Vaters und ihres jüngeren Halbbruders hervorzieht, beide im Anzug, mit Weste, einer Blume am Revers und hellen, strahlenden Augen. Ihr Stiefbruder, etwa fünfzehn, sechzehn Jahre alt, sieht aus wie der junge Leonardo DiCaprio.

»Das ist das einzige Bild, das ich von meinem Vater besitze.«

Ihr Vater und sein Sohn stehen da, als hätten sie sich für eine Hochzeit zurechtgemacht. Die Trauung meiner Nonna hätte ein würdiger Anlass für ihre elegante Aufmachung sein können.

»Mein Vater war ein feiner Mann. Er ist immer gut zu mir gewesen.«

Sie steckt auch dieses Bild wieder weg.

Später am Tag packt sie eine kleine Geschichte aus:

»Ein Maurer reiste in der Welt herum. Überall baute er Häuser: Häuser in Amerika, Häuser in Deutschland. Es waren schöne Häuser, und die Leute waren mit seiner Arbeit zufrieden. Als er alt war und nicht wusste, wo er bleiben sollte, fragte ihn jemand: Du hast Häuser in allen Teilen der Welt gebaut, aber wo ist dein Zuhause? Darauf antwortete der Maurer: Ich habe immer für andere gebaut, aber ich selbst bin ohne Haus geblieben.«

Sie hält inne, um einen neuen Anlauf zu nehmen.

Vor der Haustür fährt ein dreirädriger Kleinlaster vorbei. »*Verduuura!*«, schreit der Obst- und Gemüsehändler, der immer zur selben Stunde seine Runde dreht und auf dem Parkplatz nebenan Halt macht. »*Verduuura!*«

Meine Nonna hört nicht hin.

»Verstehst du, was in unserer Familie passiert ist?«, fragt sie, in die Vergangenheit vertieft. »Mein Vater arbeitete in Amerika, dein Nonno in Deutschland. Dort bauten sie Häuser für andere. Natürlich wurden sie dafür bezahlt. Aber als sie nach Mattinata zurückkamen, besaßen sie nicht viel mehr als vorher. Ich bin immer hier geblieben und habe gespart. Jedes Jahr habe ich ein bisschen was zur Seite gelegt. Davon habe ich die Wohnung in der Via Zuppetta gekauft und das Haus erneuern lassen, in dem ich bis heute wohne. Dein Nonno wusste nichts von diesem Geld.«

23

Auf halbem Weg zwischen dem Dorf und dem Strand liegt der Friedhof, umgeben von einer hohen Mauer und noch höheren Zypressen. Ein gepflasterter Bürgersteig führt seit einigen Jahren vom Ort bis zu seinem schmiedeeisernen Eingangstor, das in den Mittagsstunden und über Nacht geschlossen bleibt.

Die Nekropole ist nicht so verwinkelt wie das Dorf und hat sich auch nicht im selben Maß ausgedehnt. Während Mattinata an seinen Rändern wächst, weil sich zurückkehrende Emigranten oder Leute aus Monte Sant'Angelo dort mit anderswo erworbenem Geld eine Ferienwohnung oder ihren Altersruhesitz bauen, ist der Platz auf dem Friedhof begrenzt. Die Preise für die letzten Ruhestätten steigen. Ein Mausoleum kostet beinahe so viel wie eine kleine Eigentumswohnung.

Nonnas einfache Grabplatte befindet sich auf einer Wand, hinter der die Toten über mehrere Etagen verteilt eingebettet und eingemauert wurden. Sie liegt direkt unter dem Nischengrab meines Nonno. Man erkennt sofort, dass die beiden Gräber zusammengehören. Die hellen, nur leicht polierten Platten sind aus demselben Marmor gefertigt, Vor- und Familienname und Geburtsdatum in derselben Schrifttype eingraviert. Auch die schlichten ovalen Rahmen für die Fotografien haben die gleiche Größe.

Auf dem Bild oben ist mein 1972 verstorbener Nonno in der Blüte seiner Jahre zu sehen, ein kaum wahrnehmbares Lächeln liegt auf seinen geschlossenen Lippen. Auf der Platte darunter fehlen Bild und Todestag. Das Foto bewahrt meine Nonna in einer Schublade der Schlafzimmerkommode zusammen mit ihren selbstgenähten Leichentüchern auf, für die sie den Stoff in Monte Sant'Angelo besorgt hat. Das Sparbuch mit dem Geld für die Beisetzung, die Todesanzeigen und die Messe verwahrt sie an einem anderen Ort.

Alles ist für ihren Tod vorbereitet. Allerdings hat sie die betreffende Schublade schon seit einiger Zeit nicht mehr geöffnet.

»Sonst habe ich nachts schlechte Träume.«

Nachts kehren die Verstorbenen zurück. Manchmal träumt sie auch, sie würde fallen, rücklings in die Finsternis stürzen. Gibt es einen Fall ins Bodenlose? Oder nur den in Gottes Hand?

Ihr letzter schwerer Sturz liegt drei Jahre zurück. Sie hatte Eimer und Kehrblech an der Kellertreppe abstellen wollen, rutschte aus, glitt die steile, nicht einmal durch ein Geländer gesicherte Treppe hinunter, blieb wie durch ein Wunder nach zwei, drei Stufen liegen, ein Bein über dem gut drei Meter tiefen Abgrund, schrie um Hilfe, betete. Nach einer halben Ewigkeit hörte jemand ihre Hilferufe und brach beherzt die verschlossene Wohnung auf.

Das offene Datum auf dem Grabstein beunruhigt sie. Der Tod lässt sich Zeit. Sie begegnet ihm mit Gebeten, Handarbeiten und Sparsamkeit. Manchmal holt sie ihre Sparbücher hervor, um sich ihrer eigenen Vorsorge zu versichern oder um einen Anlass zu schaffen, mit anderen über alle Einzelheiten zu sprechen.

Wenn sie denkt, jetzt sei es bald so weit, ruft sie einen Geistlichen, der gerne kommt, weil er bei solchen Besuchen mit einer Spende rechnen darf. Er reklamiert sogar, wenn er den Betrag als zu gering erachtet – nicht mit Worten, sondern mit einem Zögern beim Annehmen des Bargelds oder einer leichten seitlichen Neigung des Kopfes bei gleichzeitig hochgezogenen Augenbrauen.

Was ihm als angemessen erscheint, ist von Fall zu Fall unterschiedlich. Vermutlich überlegt meine Nonna lange im Vorfeld, wie viel sie zu geben bereit ist. Sie weiß: Die Summe muss ihr wehtun, sie muss den Schmerz noch spüren, wenn sie ihren Nachbarinnen im Nachhinein von ihrer Freigebigkeit erzählt. Sie weiß auch: Der Betrag steigt, je näher die letzte Ölung rückt, die er ihr erteilen wird.

Zu alldem schweigt der gute Mann. Meine Nonna versucht, den Preis an seinen Gesten abzulesen. Vor zwei Monaten war der Lohnbeter zuletzt bei ihr. Sie trug ihm ihre täglichen Gebete vor und wünschte, bald erlöst zu werden. Er entgegnete, ihre Stunde sei zwar noch nicht gekommen, aber von nun an werde er sie jedes Vierteljahr besuchen.

Immer wieder fragt sie sich, ob sie zu Hause sterben wird, wie sie es sich immer gewünscht hat. Ob in der Stunde ihres Todes jemand bei ihr sein wird.

Beim Zubettgehen hat sie manchmal das Gefühl, nie wieder aus eigener Kraft aufstehen zu können. Dann denkt sie an ihre Mutter Antonia und versucht, sich vorzustellen, wie sie wohl dagelegen hat bei ihrem Abschied vor mehr als acht Jahrzehnten, jung, mit langem, weichem Haar – es gelingt ihr nicht. Ihre Mutter bleibt eine Tote ohne Gesicht.

Meine Nonna ist sich sicher, dass es zumindest ein Miniaturbildnis ihrer Mutter gab. Ihr Vater Tommaso hatte es während des Großen Kriegs bei sich getragen. Aber das Medaillon mit dem Foto ist nicht mehr auffindbar. Es verschwand mit dem Schmuck ihrer Mutter, den die Stiefmutter kurzerhand verkaufte, ohne irgendjemandem vorher etwas zu sagen.

24

Meine Vorfahren waren klein und stämmig. Meine Nonna: die mit Abstand Kleinste von allen. Ihr Vater: ein Meter siebenundfünfzig groß. Und ihr Sohn?

Die ein Meter fünfundsechzig im deutschen Pass meines Vaters kann ich mir nur dadurch erklären, dass niemand es für nötig befunden hatte, nachzumessen. Mein Vater war nicht größer als mein Nonno und daher auch nie aus den Schlafanzughosen herausgewachsen, die meine Nonna ursprünglich für ihren Mann genäht hatte und die ihr Sohn auftragen sollte, ehe das letzte Exemplar an ihren Enkel ging: an mich.

Im Schatten der Friedhofsbäume laufe ich von einem Toten zum anderen: vom Grab meines Nonno zu dem seines Vaters Michele, meines Urgroßvaters, der ein wenig aus dieser Ahnenreihe herausragt, ein hochgewachsener Mann mit tiefen Geheimratsecken, schmalen Augen und einem markanten Schnauzer. Das Foto auf der Grabplatte zeigt ihn im Alter von etwa fünfzig Jahren. Wie ein gewiefter Händler sieht er darauf aus.

Nicht weit entfernt vom Grab meines Urgroßvaters stoße ich auf das seines älteren Bruders Francesco, der bereits 1907, in seinem sechsundzwanzigsten Lebensjahr, starb. Er wirkt feinsinnig und galant, trägt einen Bart mit langen, dünnen, hochgezwirbelten Enden, den man in Deutschland »wilhelminisch« nennen würde, und eine Uniform. Seit sein Säbel und sein Gewehr vor etwa zwei Jahrzehnten in meinen Besitz übergingen, weiß ich, dass er als einer der wenigen seines Jahrgangs bei den *carabinieri* aufgenommen worden war, der Gendarmerie.

Mein Urgroßvater Michele dagegen lernte das Schmiedehandwerk: kleinere Eisenteile miteinander zu verbinden, indem man Miesmuschelschalen im Feuer auflöst; Eisenbeschläge für Räder auf dem Amboss mit schweren Hammerschlägen zu bearbeiten und in erhitztem Zustand aufs Holz zu ziehen, damit sich der Eisenring beim Erkalten über dem Rad zusammenzieht; Hufeisen mit und ohne Kappe, Türbeschläge, Möbelbeschläge. Drei Schmiede im Ort, viele Lehrlinge, wenig Arbeit. Zu wenig für meinen Urgroßvater.

Noch keine einundzwanzig Jahre alt, fasste er den Entschluss, seine Heimat zu verlassen. Der Kontakt zu den *americani*, die sich als Handwerker oder Bauern aufgemacht und nach ein paar Jahren teils elegant gekleidet in den Gargano zurückgekehrt waren, um sich ein Stück Land zu kaufen, ein

Haus zu bauen oder aber sich eine Braut zu suchen und danach wieder zu verschwinden, hatte auch ihn unruhig gemacht.

Im April 1905 hatte er das Geld für die Überfahrt beisammen und die Formalitäten für die Reise erledigt, die er gemeinsam mit dem vier Jahre älteren Nicolo Fischetti und dem neununddreißigjährigen Pasquale Iaconeta antrat. Sie hatten sich vorgenommen, die fünfzig Kilometer bis Foggia zu Fuß zurückzulegen und dort die Eisenbahn zu nehmen, die sie nach Neapel bringen sollte, wo die »Calabria« vor Anker lag. Ihr Ziel: die Stadt Worcester im amerikanischen Bundesstaat Massachusetts, wo bereits einige Mattinateser Arbeit gefunden hatten. Mein Urgroßvater wollte dort bei einem Cousin unterkommen, der genau ein Jahr zuvor ausgewandert und ebenfalls bei einem Verwandten aus Mattinata abgestiegen war.

Meine Nonna hat mir nicht sagen können, warum mein Urgroßvater damals darauf brannte, nach Amerika zu gehen. Nur weil er glaubte, in der Neuen Welt an einem Tag so viel zu verdienen wie in Mattinata in einer ganzen Woche? Er und meine Urgroßmutter Serafina hatten erst vor kurzem geheiratet. Mit neunzehn erwarteten sie ihr erstes Kind. Hoffte er darauf, in Amerika binnen ein oder zwei Jahren einen finanziellen Grundstock für ihre gemeinsame Zukunft legen zu können?

Davon träumten alle. Doch manche Frauen hatten ihre Männer nach tränenreichem Abschied nie wiedergesehen. In der Hoffnung auf ihre Heimkehr warfen sie Blumen ins Meer und sprachen von »Lamerica« wie von einer bösen

Zauberin, die ihnen ihre Ehegatten genommen hatte. Meine Urgroßmutter konnte nicht wissen, ob »Lamerica« auch ihn bezirzen würde. Wann würde sie ihn wiedersehen? Wann würde er sein Kind erstmals im Arm halten?

25

Monte Sant'Angelo überragt Mattinata um achthundert Meter. Auf den terrassierten Berghängen wachsen Ölbäume, dazwischen Mandel-, Feigen- und Johannisbrotbäume in abgestuftem Grün. Staubige Wege schrauben sich abseits der Straße nach oben, auf denen man während des Aufstiegs keiner Menschenseele begegnet. In der ungeheuren Lichtfülle und zirpenden Stille schweift der Blick über die Adria.

Seit Menschengedenken ist dieser Berg ein Ort göttlicher Erscheinungen. Zur Zeit der alten Griechen befand sich ein Orakelplatz auf dem Gipfel. Im fünften nachchristlichen Jahrhundert soll dann, wo Erde und Himmel sich berühren, der Erzengel Michael drei Mal erschienen sein, jener Anführer der himmlischen Heerscharen, der den Satan in Gestalt eines Drachen getötet und hinab auf die Erde gestoßen hatte. Seither ziehen Wallfahrer aus ganz Europa zum Monte Sant'Angelo.

Bei Führungen durch das Bergheiligtum wird eine lange Namensliste berühmter Michaelspilger verlesen – Kaiser und Könige, Heilige und Päpste –, als handele es sich um eine einzige große Karawane: Im Jahr 999 zum Beispiel lief Kaiser Otto III. barfuß von Rom nach Monte Sant'Angelo, nachdem ihm der Ordensgründer der Kamaldulenser, Romuald, den Weg als Buße für die Hinrichtung eines römischen Senators auferlegt hatte. Ottos Nachfolger, Heinrich II., suchte die Michaelsgrotte während seines erfolglosen Kampfs gegen die Byzantiner auf.

Unter all diesen Pilgern ragt die Gestalt des heiligen Franziskus heraus. An den Besuch des Bettelmönchs und Wanderpredigers aus Assisi im Jahr 1216 erinnert ein Altar im Innern der Michaelsbasilika.

»Von da, wo er herkam, war es ein weiter Weg nach Monte«, erzählt meine Nonna. »Aber der heilige Franziskus brach ohne Esel auf. Er hatte weder Brot bei sich noch Geld. Als er in Monte ankam und am Eingang zur Grotte stand, fiel er auf die Knie und küsste den Boden. Die Leute fragten, warum er nicht hineingehe. Da antwortete Franziskus, er sei nicht würdig, diesen heiligen Ort zu betreten.«

Meine Nonna ist voller Verehrung für den *fratello poverello,* den »armen kleinen Bruder«, wie sich Franziskus nannte, nachdem er dem reichen Kaufmannsleben in Assisi den Rücken gekehrt hatte. Seine Bedürfnislosigkeit und Demut, seine Liebe zu den Mitmenschen und zu den Tieren imponieren ihr. Sie spricht von ihm wie von einem zweiten Christus.

Franziskus pilgerte nach Monte Sant'Angelo, nachdem Papst Innozenz III. zum fünften Kreuzzug aufgerufen hatte. Im Jahr 1216 sollten sich alle Kreuzfahrer in Apulien sammeln, von Brindisi aus mit Schiffen ins Heilige Land fahren und die Muslime aus Palästina vertreiben. Der Landstrich, in dem Jesus Christus einst gelebt hatte, galt ihnen als rechtmäßiges christliches Erbe.

Auf dem Weg nach Brindisi machten einige Kreuzfahrer einen Abstecher in den Gargano, denn der kämpfende Erzengel Michael war Schutzpatron der Soldaten und des Heiligen Römischen Reichs.

Franziskus selbst folgte den Kreuzfahrern schließlich mit einiger Verzögerung. Über Syrien reiste er ins ägyptische Nildelta, wo das christliche Heer im Sommer 1219 die Hafenstadt Damiette belagerte. Allerdings war er nicht gekommen, um zum Schwert zu greifen, sondern um inmitten eines grausamen Religionskriegs das Evangelium zu predigen. Voller Gottvertrauen suchte er den Dialog mit den Muslimen.

Im September 1219 ließ er sich während einer Waffenruhe in der Absicht gefangen nehmen, beim Sultan al-Kamil Muhammad al-Malik vorzusprechen. In seiner ärmlichen Kleidung und seinem Gebaren glich Franziskus einem Sufi. Möglicherweise ließ man ihn auch deshalb vor den Sultan treten, einen milden Herrscher, der ihm mit Toleranz begegnete und ihm freien Zugang zu allen heiligen Stätten in Jerusalem gewährte.

Die mehrtägige Unterredung mit dem Sultan wurde von christlichen und muslimischen Geschichtsschreibern festgehalten. Sie war schon deshalb außergewöhnlich, weil die Christen jegliche Verhandlungen mit den Muslimen ablehnten. Obwohl ihnen al-Kamil die Rückgabe Jerusalems und die Freilassung aller Kriegsgefangenen anbot, waren sie zum Kummer des *fratello poverello* zu keinem Gespräch bereit. In der festen Überzeugung, die ausschließliche religiöse Wahrheit zu besitzen, erfüllt von der Idee des Heiligen Krieges, eroberten sie noch im selben Jahr die Stadt Damiette und massakrierten die Bevölkerung, erlitten jedoch später mangels Nachschub eine vernichtende Niederlage und mussten heimkehren, ohne mit Grausamkeiten erreicht zu haben, was sie auf andere Weise hätten gewinnen können.

In Monte Sant'Angelo kontrastiert die Friedfertigkeit des heiligen Franziskus mit der Angriffsbereitschaft des bewaffneten Erzengels Michael. Wer heute als Wallfahrer mit dem Reisebus dort ankommt, begegnet dem kämpfenden Michael schon auf dem kurzen Weg vom Parkplatz zur Grotte hundertfach in gleicher Pose: das Schwert in der erhobenen Rechten, gepanzert in der Rüstung eines römischen Legionärs. So steht er auf den Tischen der Souvenirhändler, so steht er über dem Eingangsportal der Basilika zwischen zwei Rosetten, so sehen ihn die Pilger schließlich auch als Marmorstatue im Altarraum der Felsenkirche.

Franziskus kämpfte nicht mit dem Schwert. Er kämpfte nicht gegen andere, sondern gegen seine eigenen Schwächen, gegen einen inneren Teufel. Vielleicht suchte er den Beistand des Erzengels, um die Überzeugungen, zu denen er gelangt war, in der Lebenswirklichkeit zu vertreten.

Meine Nonna stieg die vielen Stufen zur Michaelsgrotte nur in ihrer Jugend hinab. Als sie dann Ende der 1970er Jahre ihr Wohnhaus umbauen und aufstocken ließ, schickte sie eine Verwandte nach Monte Sant'Angelo. Sie sollte ihr einen Michaelsstein, *na préte Sammechéle*, aus dem Felsengewölbe mitbringen, damit sie ihn in die Grundmauern einbauen lassen konnte. Seither weiß auch sie sich unter dem Schutz des Erzengels.

26

Der Michaelsgrotte wegen hat der Name meines Urgroßvaters, Michele, nirgends eine solche Verbreitung wie im Gargano und im übrigen Apulien. Weniger gebräuchlich ist der Name meiner Urgroßmutter, Serafina, obschon auch die »Seraphim« oder »Seraphin« Engel sind.

Sie war eine Frau mit langem schwarzem Haar, dunklen Augen und dunklem Teint. Dem Vernehmen nach soll sie etwas Arabisches an sich gehabt haben, aber ich kenne kein Bild von ihr. Serafina wurde weder in Mattinata begraben, noch stammte sie aus dem Dorf, sondern aus einer alteingesessenen Familie in Monte Sant'Angelo, das damals etwa zwanzigtausend Einwohner zählte.

Frage ich meine Nonna nach ihr, bekomme ich zu hören, dass ihre Eltern wohlhabend waren. »Sie besaßen Ländereien, die bis hinunter nach Mattinata reichten. Dem Vater deines Nonno zahlten sie eine schöne Mitgift.«

Als mein Urgroßvater nach Amerika abgereist war, brachte Serafina ein Mädchen zur Welt, Antonella. Der erste Winter kam, dann der zweite. Michele kehrte nicht zurück. Stattdessen schickte er ihr irgendwann ein Ticket für die Überfahrt, woraufhin meine Urgroßmutter, die den Gargano bis dahin nie verlassen hatte, ihre Sachen packte.

Brachte sie deshalb den Mut auf, ihr vertrautes Leben hinter sich zu lassen, weil sie sich von ihrem Mann geliebt fühlte? War der Fahrschein in ihren Augen ein Zeichen seiner Zuneigung und Treue? Oder schlicht eine Aufforderung, der sie sich als Ehefrau nicht entziehen konnte?

Möglicherweise fühlte sie sich geliebt und genötigt zugleich. Ich kann mir kaum vorstellen, dass sie nicht das Gewaltsame dieses Moments spürte, der wie ein Riss durch ihr Leben ging. Allem Anschein nach war ihr Ehemann dabei, auf dem fernen Kontinent Wurzeln zu schlagen. Wenn sie nun zusammen mit ihrer Tochter den Ozean überqueren würde, der alte und neue Welt voneinander schied, würde sie ihre Eltern und Geschwister vielleicht nie wiedersehen.

Manche Frauen hatten in ähnlichen Situationen lieber den Bruch mit ihrem Gatten riskiert, als eine dauerhafte Trennung von Heimat und Familie auf sich zu nehmen. Sie hatten Erkrankungen vorgetäuscht oder sich damit herausgeredet, dass sie mit einem kleinen Kind unmöglich eine solche Reise antreten könnten. Spielte auch meine Urgroßmutter mit solchen Gedanken?

Plötzlich musste alles schnell gehen, sie musste Ämter aufsuchen, sich eine Unbedenklichkeitsbescheinigung besorgen sowie einen Reisepass, musste sich und ihre anderthalb Jahre alte Tochter mit warmer Kleidung eindecken, sich von Verwandten und Freunden verabschieden.

Außer der Fahrkarte hatte ihr mein Urgroßvater neun Dollar zugesandt, die für eine Einreiseerlaubnis unerlässlich waren, und von Worcester aus geklärt, dass Frau und Kind nicht alleine reisen würden. Zusammen mit ihnen setzte sich im März 1907 ein ganzer Trupp mit Karren, Eseln und Gepäck in Bewegung: zwei weitere Frauen, ein siebenjähriger Junge und siebzehn Männer aus Mattinata und Monte Sant' Angelo, unter ihnen auch mein anderer Urgroßvater Tommaso, der Vater meiner Nonna, der damals noch ledig war.

Was mag in ihnen vorgegangen sein, als sie im Hafen von Neapel vor dem schwarzen Rumpf eines einhundertsechsundsiebzig Meter langen Ozeandampfers standen? Als sie an Bord gingen und in ein Gewimmel fremder Menschen gerieten? Als das Signalhorn blies und die »Canopic« ablegte, um aufs Meer zu steuern? Als die Häuser kleiner und kleiner wurden und das Wasser irgendwann den Vesuv und die gesamte Küstenlinie verschluckte?

Dann nur noch die Weite des Horizonts und irgendwo dahinter, in einem Dunst aus Vorahnungen, eine andere Welt, die nach vielen Tagen als ferner Küstenstrich sichtbar wurde: *Lamerica!*

New York, wo mein Urgroßvater Michele mit Blick auf die Freiheitsstatue und auf Manhattan angelandet war, ließ die »Canopic« links liegen und nahm stattdessen Kurs auf die Massachusetts Bay. Vorbei an vorgelagerten Inseln fuhr sie in den weitläufigen Hafen von Boston, und erst jetzt, da der Dampfer auf eine Stadt zusteuerte, nahm die neue Welt Gestalt an: Schiffe und Werften, Docks und Lagerhallen, ferne Kirchtürme und Häuser aus braunem Sandstein und roten Ziegeln, gebaut von Einwanderern aus Europa.

Das amerikanische Parlament hatte die Einreisebestimmungen gerade verschärft. Alle Neuankömmlinge mussten umfangreiche Gesundheitstests und Befragungen absolvieren. Festgehalten wurde, dass meine Urgroßmutter Serafina an keiner jener ansteckenden Augen- oder sonstigen Krankheiten litt, welche eine sofortige Rückreise zur Folge gehabt hätten. Sie hatte nie in einem Armenhaus gelebt oder im Gefängnis gesessen, galt weder als Anarchistin noch als geistesgestört. Sie konnte nicht lesen, nicht schreiben und erst recht kein Wort Englisch. Körpergröße: ein Meter fünfundfünfzig. Besondere Körpermerkmale: keine.

In Boston wimmelte es von Italienern. Vor allem im North End hatten die Zuwanderer Bäckereien und Lebensmittelläden, Fischgeschäfte und andere Familienbetriebe wie Schuhwerkstätten oder Barbiershops eröffnet. Mehr als zwanzigtausend Italiener lebten dort auf engstem Raum zusammen, aus den Abruzzen, aus Avellino, aus verschiedenen Orten Kalabriens und Siziliens, doch waren die Communities inzwischen zusammengewachsen, die Straßen nicht mehr streng nach regionaler Herkunft getrennt. Längst reichten die Einzugsbereiche religiöser Gemeinschaften und sozialistischer Clubs, italienischer Banken und Versicherungsgesellschaften, der Obst- und Gemüse-Großhändler oder der »Boston Macaroni Company« weiter als bis zur nächsten Kreuzung.

Von denen, die sich im Gargano zusammen mit meiner Urgroßmutter aufgemacht hatten, wollte niemand in Boston bleiben. Für sie ging es weiter nach Westen, nach Worcester. Und nicht nur in dieselbe Stadt, sondern in dieselbe Straße: 103 Shrewsbury Street, 124 Shrewsbury Street, 127 Shrewsbury Street, 130 Shrewsbury Street, 170 Shrewsbury Street.

Rund um diese Straße war ein italienisches Viertel gewachsen, allerdings längst nicht so groß wie das in Boston. Wer in der Shrewsbury Street Geschäfte machte, pflegte Verbindungen zur Hafenstadt. Zum Beispiel betrieb der Inhaber eines italienischen Lebensmittelgeschäfts, Carmine Zamarro, zugleich eine Agentur für *steamship tickets* und hatte vermutlich auch meinem Urgroßvater geholfen, die Überfahrt seiner Frau und seiner Tochter und ihre Weiterreise mit dem Zug zu organisieren.

Von Boston aus führte eine Bahnlinie direkt nach Worcester. Durch die Fenster konnte meine Urgroßmutter das fremde Land betrachten, das sie soeben aufgenommen hatte. Außer ihrem Mann wartete niemand auf sie. Er war ihr Reiseziel. Ihr Amerika.

27

»Schließ die Haustür ab!«

Ich drehe den Schlüssel um und ziehe die Vorhänge zu. Ihr Anliegen lässt sich wegen der bevorstehenden Festtage nicht länger aufschieben.

»Komm mit!«

Sie ist bereits von ihrem Stuhl aufgestanden und schiebt ihr Metallwägelchen ins große Schlafzimmer.

»Mach das Licht an!«

Ich schalte das Licht an und ziehe die Tür hinter mir zu. In dem hohen Raum, der wie die kleine Schlafkammer meiner Nonna kein einziges Fenster hat, ist es angenehm kühl. Die massiven Möbel sind aus dunklem Holz wie in fast allen süditalienischen Schlafzimmern, in die ich irgendwann einen Blick geworfen habe. Das Ehebett, in dem meine Großeltern bis zum Tod meines Großvaters schliefen, nimmt fast den ganzen Raum ein. Sein Kopfende ist wuchtig wie eine

Schrankwand. Seit Jahrzehnten hat niemand darin eine Nacht verbracht.

»Hol den Schlüssel!«

Verdammt, wo liegt dieser Schlüssel? Sie hat mir schon mehrmals eingeschärft, wo ich ihn finde. Zögernd gehe ich auf die große Kommode zu, in der sie ihr Bargeld anhäuft. Blackout! Fragend drehe ich mich zu ihr um.

»Hol den Schlüssel!«

»Ich habe vergessen, wo du ihn aufbewahrst.«

»*Madonna!* Du weißt, wo er ist! Du bist der Einzige, der weiß, wo der Schlüssel ist!«

Ich weiß es nicht und möchte es eigentlich auch gar nicht wissen. Jahrelang hatte ich mich geweigert, mich zu ihrem Bankgehilfen machen zu lassen. Ich komme nur einmal im Jahr hierher, kenne die Finanzsprache und die Gepflogenheiten italienischer Banken nicht, die Launen meiner Nonna dagegen umso besser. Geschickt weihte sie mich in ihre Finanzgeheimnisse ein, tat so, als gehe es nur um einen einzigen Botengang, gab sich hilflos, quengelte, bis sie mich irgendwann rumkriegte. Jetzt stecke ich in der Bredouille, und sie schlägt den Kommandoton an, mit dem sie schon einige aus der Familie vergrault hat.

»Er steckt in der Vitrine!«

Ich schiebe den Riegel zur Seite und überfliege die Regale.

»*Madonna mia santa!* In der Plastiktüte! Er war immer da drin!«

Auf einen Blick sehe ich mindestens zehn Plastiktüten, Tüten voller Putzlappen, Wollreste, in der nächsten eine alte

Wärmflasche, dann eine Handtasche, aber kein Schlüssel. Die Plastiktüte, die sie meint, liegt zusammengeknüllt auf dem untersten Regalboden und ist voller Hanf.

»Auch hier ist kein Schlüssel drin.«

»Er muss in der Tüte sein!«

Ist er nicht. Stattdessen entdecke ich ihn kurz darauf weiter hinten, lose auf dem weißen Brett. Sie kümmert das nicht weiter.

»Mach die Schublade auf!«

Es ist die unterste. Wenigstens daran kann ich mich erinnern. Mit ruckartigen Bewegungen ziehe ich den schweren dunklen Holzkasten so weit nach vorne, dass sein hinteres Ende gerade im Rahmen hängen bleibt, dann lasse ich das Schubfach langsam auf den Steinboden sinken. Wie sie das alleine schafft, ist mir ein Rätsel. Aber irgendwie muss es gehen, schließlich kann sie ihr Geld nicht einfach durch einen Schlitz einwerfen. Sie verwahrt es nämlich nicht in der Schublade, sondern darunter.

Unter dem Kasten kommt eine graue Hose zum Vorschein, darunter ein schwarzes Tuch, darunter wieder eine Plastiktüte, und in der stecken in einem großen, ockerfarbenen Briefumschlag mehrere kleinere weiße Kuverts, durch deren transparente Sichtfenster die ganze Vielfalt grüner, brauner, blauer, roter und grauer Euro-Banknoten schimmert. In einem zweiten C4-Umschlag befinden sich ihre Sparbücher.

Jeden Monat legt sie Geld zurück, ein Gutteil der schmalen Witwenrente, die sie bekommt.

»Das müssen zehn Millionen sein!«

Ich breite den Inhalt der fünf Kuverts auf der Tagesdecke des Doppelbetts aus.

»Zähl nach!«

Seit wir im Schlafzimmer sind, steht sie an ihren Rollator geklammert neben dem Bett. Sie sperrt sich dagegen, dass ich ihr ihren Stuhl aus der Stube hole.

»Zähl nach!«

Ich ordne die Geldscheine der Größe nach und fange an zu zählen.

»Weiß du, wie viele Opfer ich gebracht habe, um das anzusparen?«

Von ihren *sacrifici*, ihren Opfern und Entbehrungen, hat sie im Laufe der zurückliegenden Tage schon des Öfteren gesprochen. Sie sagt nicht, sie habe die Opfer für uns gebracht, für ihre Angehörigen. Aber für wen sollen ihre Ersparnisse gedacht sein, wenn nicht für die Erben? Rechnet sie mit unserer nachträglichen Dankbarkeit? Glaubt sie, den Hinterbliebenen am Ende mehr als einen Moment des Staunens darüber abringen zu können, was sie mit ihren bescheidenen Mitteln auf die hohe Kante gelegt hat?

Die fünf Häuflein summieren sich zu insgesamt viertausendachthundertneunzig Euro.

»Es ist ein bisschen weniger als zehn Millionen.«

Diese Bemerkung hätte ich mir besser gespart.

»Es müssen zehn Millionen sein!«

Inzwischen hängt sie in dem Metallgestänge wie ein Boxer in den Seilen. Ich sitze auf dem Bett und zähle noch einmal. Die vielen Scheine ergeben keinen Euro mehr als die zuvor ermittelte Summe.

»Madonna!«

Ihr stehen Tränen in den Augen.

»Aber es sind so gut wie zehn Millionen! Es fehlen nur zweihunderttausend Lire!«

Ich schaue in den zerrissenen Umschlägen nach. Nichts. Dann hole ich das Sparbuch heraus, auf das der Betrag eingezahlt werden soll. Nichts.

»Hilf mir, Jesus Christus, meine Geschäfte zu erledigen!«

In einer Hülle mit einem anderen Sparbuch, das sie für ihre Begräbniskosten eingerichtet hat, finde ich schließlich weitere Geldnoten, noch einmal dreihundertvierzig Euro.

»Hier ist es!«, rufe ich, ohne zu wissen, welchen Sparstrumpf ich da gerade geleert habe.

Schnell stecke ich das abgezählte Geld nach Banknoten geordnet zurück in die fünf Umschläge, auf denen ich jeweils die entsprechende Summe notiere, und schlage die dreihundertvierzig Euro dem Umschlag mit den Fünf-Euro-Scheinen zu.

»Die kommen in einen anderen Umschlag!«

»Die können doch genauso gut –«

»Warte!«

Stur wie sie ist, schlurft sie bereits zurück in die Wohnstube, um aus irgendeiner ihrer Schubladen noch einen dieser unentbehrlichen Briefumschläge hervorzukramen. Sie kann Kräfte mobilisieren, gegen die ich nichts auszurichten vermag. Zwischen dunklen Möbeln bleibe ich auf dem Ehebett meiner Großeltern sitzen. Durch die offene Tür kommt frische Luft in den Raum. Dann ist es still. Eine wohltuende Stille.

Ich atme tief ein und aus und lasse meinen Blick durch das eheliche Schlafzimmer meiner Großeltern schweifen. Während die beiden Bilder in der Wohnstube weltliche Motive zeigen – eine Gruppe italienischer Freiheitskämpfer um Garibaldi, Mazzini und Cavour sowie das Bildnis einer halb entblößten römischen Frauengottheit mit ihren Begleiterinnen –, wacht im Schlafzimmer die Muttergottes. Sie trägt ein hellblaues Kleid und schaut von der Wand gegenüber sanft zu mir herüber.

Auf dem Beistelltischchen hinter dem Bett steht ein gerahmtes Foto meines Nonno, davor leuchtet ein rotes Lämpchen. Es ist dasselbe Bild wie auf dem Friedhof. Sein dunkles, leicht welliges Haar hat er über der hohen Stirn nach hinten gekämmt, seine Augenbrauen sind dicht, sein Blick ist selbstbewusst und direkt, der Schnauzer über den schmalen Lippen akkurat geschnitten. Mit seinen feinen Gesichtszügen, dem hellen Sakko und einer getupften Krawatte sieht mein Nonno weltgewandt aus und musisch. Mit einer gewissen Ironie scheint er zur Kenntnis zu nehmen, dass sein Enkel das Geld zählt, das die Nonna heute wie damals an geheimen Orten ansammelt.

… du bist immer noch die gleiche Frau da Gott es so will wirst du dich wohl niemals ändern …

Als sie zurückkehrt, hat meine Nonna den Zipfel ihres Kopftuchs im Mund, beißt mit den Zähnen darauf und schaut mir mit gequältem Gesichtsausdruck dabei zu, wie ich die nicht benötigten Sparbücher wieder in den großen Umschlag packe, in die Plastiktüte, unter das schwarze Tuch, unter die graue Hose. Danach hebe ich die schwere Schublade an und schiebe sie zurück, verschließe die Kommode, lege den Schlüssel zum Hanf in die Plastiktüte im unteren Regal der Vitrine, sperre selbige zu, verlasse schweigend das Schlafzimmer, ziehe die Vorhänge in der Wohnstube wieder zurück, schließe die Haustür auf und gehe mit fünftausendzweihundertdreißig Euro, aufgeteilt auf sechs Briefumschläge, die samt Sparbuch in einem größeren, noch nicht ganz ausgedienten C4-Umschlag stecken, zur Bank.

28

Sobald ich den Autoschlüssel umdrehe, höre ich das Getriebe einer anderen Zeit. Eine Woche lang bin ich nur zu Fuß unterwegs gewesen, bin zwischen Dorf und Meer hin- und hergependelt, habe bei der Nonna gesessen, im Café und am Strand. Der Fiat Panda, den ich am Bahnhof in Foggia gemietet habe, katapultiert mich aus diesem leisen Lebensrhythmus heraus.

An den forschen Fahrstil der anderen Verkehrsteilnehmer und an die Unbekümmertheit der Fußgänger muss ich mich erst wieder gewöhnen. Mit heruntergekurbelten Fenstern tuckere ich an einem braunen Straßenschild mit der Aufschrift »Gargano« vorbei und drehe noch eine Extrarunde um den Bahnhofsvorplatz. Beim zweiten Mal lese ich auch die Städtenamen auf den blauen Schildern. Soll ich den Rest des Tages in Barletta, Trani oder einer anderen apulischen Küstenstadt verbringen? Oder ist es zu heiß für eine derart lange Tour?

Nachdem ich über eine Brücke gefahren und die Innenstadt hinter mir gelassen habe, trete ich aufs Gaspedal. Zurück zum Gargano. Abgeerntete Felder, Olivenhaine und Weinberge in staubigem Grün, Zypressen und hier und da der immerblühende rote und weiße Oleander als Fahrbahnbegrenzung. Die Sonne knallt auf die Windschutzscheibe, die Klimaanlage läuft. Zwischendurch leiste ich mir einen Blick zum Beifahrersitz, auf dem ein offener Schuhkarton liegt.

In Foggia habe ich mir Schuhe gekauft. Nicht auf dem Wochenmarkt, sondern in einem Geschäft, das wahrscheinlich nur wenig Laufkundschaft anzieht, mit seinem holzvertäfelten Interieur, aber umso mehr Stammpublikum. Der alte Verkäufer beobachtete eine Zeitlang, welche Modelle ich mir anschaute, dann holte er ein Paar dunkelbraune, klassisch geschnürte, rahmengenähte Halbschuhe aus dem Lagerraum und stellte sie kommentarlos auf den Ladentisch. Ihrer Wirkung schien er sich so sicher, dass ich gar nicht anders konnte, als sie anzuprobieren.

Eine erstklassige Wahl! Weder über den Preis noch über das sonst übliche *sconto* wollte ich mit ihm verhandeln. Stattdessen fragte ich ihn nach schwarzen Hausschuhen für meine Nonna. Jeden Morgen zwängt sie sich mit dicken Wollsocken in Latschen hinein, die hinten zu kurz und vorne zu eng und eingerissen sind. Beim Betrachten der neuen Modelle wurde mir allerdings klar, dass meine Nonna ihr ausgetretenes Paar nicht ablegen würde. Abgesehen von Schokolade aus Deutschland ist nur ein einziges Geschenk von mir nicht auf Nimmerwiedersehen in einer ihrer schweren Schubladen verschwunden: ein Schaffell, das ich zusammen mit meiner Frau auf einem Bauernhof bei Berlin gekauft hatte.

Vor fünf, sechs Jahren muss es gewesen sein. Ohne vorherige Ankündigung und irgendwelche Erläuterungen schickten wir ihr das Paket kurz vor Weihnachten zu. Sie fing sofort an, einen Schonbezug für das Schaffell zu nähen, der an einer Seite mit zwei Schnüren verschlossen werden kann. Als dieser fertig war, nähte sie einen zweiten, etwas leichteren Bezug, der sich besser waschen lässt. Dann schob sie das sorgfältig umhüllte Fell unter ihr Bettlaken.

In der ersten Nacht, in der sie darauf schlief, träumte sie, sie läge auf einer Wiese. Ein kleiner Bach rauschte neben ihrem Kopf, sie roch Blumen und das frische Gras. Später erzählte ich ihr von dem Bauernhof, wo sich ein Bach durch eine Wiese schlängelt und Pferde in einer Koppel stehen.

»Genauso hatte ich es vor Augen! Auch ein Pferd habe ich gesehen. Es ist alles so wie in meinem Traum!«

Besonders glücklich war sie darüber, dass sich der Wert des Schaffells durch die eigene Handarbeit konservieren ließ, durch dieselbe Näherei und Häkelei, die über die Jahrzehnte unzählige Matratzenschoner, Kissen- und Stuhlbezüge hervorgebracht hatte. Stets hat sie in Haltbarkeit investiert, nie in schöne Stoffe. Um sich herum häuft sie lauter Zeichen ihrer Genügsamkeit an.

Wenn ich ihr die Schuhe zeige, die ich in Foggia erworben habe, wird sie das Oberleder und die Verarbeitung prüfen. Ihrem Auge wird auch das feine Lochmuster entlang der Nähte nicht entgehen, das ihnen eine besondere Eleganz verleiht. Nach dem Preis wird sie mich nicht fragen. Und dass ich mir gleichzeitig ein Auto gemietet habe, um an den verbleibenden Urlaubstagen ein paar Ausflüge zu machen, wird sie erst recht nicht kommentieren, sondern nur mit Blicken missbilligen.

Auch mein Vater hatte für derlei Ausschweifungen wenig übrig. Sobald wir in Mattinata angekommen waren, schaute er nicht mehr über die Grenzen der Ortschaft hinaus. Abgesehen von gelegentlichen Verwandtenbesuchen in Monte Sant'Angelo oder Vieste bewegten wir uns nicht mehr vom Fleck. Keine Touren in Apulien, schon gar nicht nach Neapel oder Pompeji.

Wenn ich mir heute mehr leiste als er, dann nur um den Preis einer gewissen Scham. Immer noch habe ich Hemmungen, von Mattinata aus den Süden Italiens zu erkunden. Denn nicht als Tourist komme ich hierher, sondern weil sich ein Teil meines Lebens um dieses Zentrum dreht, weil ich irgendwie dazugehören möchte zu diesem Dorf und seiner Geschichte, und sei es nur für die Dauer des Sommerurlaubs.

29

Bereits bei meiner ersten Reise in die Vereinigten Staaten hätte ich mir die Stadt anschauen können, in der meine Urgroßeltern gelebt und gearbeitet hatten und in der mein Nonno aufgewachsen war. Eine ganze Woche hielt ich mich in Boston auf, besuchte die Harvard University und das Massachusetts Institute of Technology. Doch ich wusste nichts von der historischen Verbindung zwischen der benachbarten Industriestadt Worcester, von Boston aus in weniger als einer Zugstunde erreichbar, und dem kleinen Dorf im Gargano, siebentausend Kilometer entfernt. Weder meine Nonna noch sonst jemand hatte mir je davon erzählt.

Meine Urgroßmutter Serafina muss die rauchenden Schlote schon von weitem gesehen haben. In Worcester hatten sich Walz-, Kabelwerke und Maschinenbauunternehmen angesiedelt, die den amerikanischen Markt mit Industriegütern wie Schleifscheiben, Trennsägen, Treibriemen und vielem mehr belieferten. Schwarzgraue Schwaden über einer Fabriklandschaft, die ihr nichts sagte.

In Ermangelung von Familienfotos und Briefen habe ich in Bibliotheken und Datenbanken nach Bildern und Dokumenten aus jenen Jahren gesucht, um mir einen Eindruck von der Stadt zu verschaffen. Vor dem Bahnhof ragte seinerzeit ein Uhrenturm sechzig Meter in die Höhe. Dort warteten Tramwagen auf die Fahrgäste. Während es in Mattinata nicht einmal elektrischen Strom gab, konnte man in Worcester mit der Elektrischen schon bis vor die Haustür fahren.

Bei ihrer Ankunft im April 1907 fand meine Urgroßmutter ihren Ehemann in ärmlichen Verhältnissen vor. Mein Urgroßvater hatte keine feste Anstellung in einer der zahlreichen Fabriken gefunden, sondern verlegte Rohre für die Kanalisation. Wie viele seiner Landsleute, die ohne Familie gekommen waren, zog er mit einer Kolonne von Baustelle zu Baustelle. Eine harte, schlecht bezahlte Arbeit.

In der Privatpension, in der er zusammen mit anderen Süditalienern wohnte, einem der preisgünstigen *boarding houses* rund um die Shrewsbury Street, standen ihm vermutlich nur ein Bett zu und ein Stuhl. In dieser Absteige konnte er seine Frau und seine anderthalb Jahre alte Tochter, die er stolz »Michelina« nannte, nicht unterbringen, und so mietete er in einer Seitenstraße ein separates Zimmer für die Familie an. Dort ließ er meine Urgroßmutter zurück, wenn er morgens das Haus verließ.

Die Bevölkerung der Stadt hatte sich binnen einer Generation auf einhundertfünfzigtausend verdoppelt. Am Morgen verschwanden Arbeiterinnen und Arbeiter mit italienischen, irischen, schwedischen, deutschen, polnischen, griechischen, albanischen oder syrischen Pässen in Fabrikhallen und Baugruben. Die »Royal Worcester Corset Company« beschäftigte allein zweitausend Frauen in der Korsettherstellung. Frauen verdienten weniger als Männer, italienische Einwanderer weniger als ihre Kollegen aus Irland oder Schweden.

Ganz oben in der Hierarchie standen »weiße angelsächsische Protestanten«, *wasps*. Unter ihnen rangierten die früh eingewanderten katholischen Iren, die Englisch sprachen und von denen viele ein Handwerk gelernt hatten. Diese schauten nicht nur auf Schwarzafrikaner herab, sondern auch auf dic wundergläubigen, süditalienischen Katholiken, die den Muff ihrer Dörfer verströmten, Heilige verehrten und deren Bildnisse in langen Prozessionen durch die Straßen trugen.

Bis vor wenigen Jahren hatten Iren die Gegend rund um die Shrewsbury Street bevölkert. Mittlerweile säumten italienische Geschäfte die Straße. Beim Bäcker bekamen meine Urgroßeltern das ihnen vertraute Brot und ihre *focaccia*, im

Lebensmittelladen Importwaren wie Oliven und Artischocken. Hier konnten sie sich mit ihren Landsleuten über Wohnungsangebote, Jobs, Geschäftsideen und die neuesten Nachrichten aus der Heimat austauschen.

Zwischen 1908 und 1912 brachte meine Urgroßmutter Serafina vier Kinder zur Welt. Rosa, die erste Amerikanerin in der Familie, starb, gerade ein Jahr alt geworden, an den Folgen einer Bronchitis. Im Sommer desselben Jahres gebar Serafina ihren ersten Sohn, Ignazio. Als sie kurz darauf abermals schwanger war, zog die nunmehr vierköpfige Familie in einen Neubau um.

Dieses Haus in der Plum Street 6, einer Querstraße der Shrewsbury Street, steht heute noch: ein typischer »tripledecker« mit Holzverkleidung und kleinen Balkonen zur Rückseite hin. Mein Urgroßvater, der inzwischen ein wenig Englisch gelernt hatte, muss sich beizeiten angeschaut haben, wie viele Betten man in den Zimmern aufstellen konnte. Statt erneut Untermieter zu werden, wollte er diesmal eine ganze Wohnung mieten und seinen Landsleuten gegen einen Teil ihres Gehalts einen Schlafplatz anbieten, gegebenenfalls auch eine warme Mahlzeit am Tag.

Gleich neun Untermieter quartierten sich bei meinen Urgroßeltern ein, ausschließlich Männer, alle zwischen zwanzig und vierzig Jahre alt. Keiner von ihnen hatte einen Job in einer Fabrik. Stattdessen bauten sie Häuser, Straßen, Eisenbahntrassen und Kanäle, kamen abends hungrig zurück, warfen sich nach dem Essen abgekämpft aufs Bett, spielten Karten, rauchten, tranken, liefen unruhig durchs Haus, weil sie nichts mit sich anzufangen wussten. Meine

Urgroßmutter, die sich um Wäsche, saubere Zimmer und das Essen kümmerte, war die einzige Frau in ihrer Nähe, verheiratet mit dem Hausherrn, der sie ständig schwängerte. Träumten sie von ihr, wenn sie nachts in ihren stickigen Zimmern lagen? Oder dachten sie an ihre Ehefrauen, die sie in Italien zurückgelassen hatten?

Die Zeitungen überschlugen sich mit Geschichten über einen ehemaligen Gassenjungen aus Neapel, der bei Operntourneen in Amerika außergewöhnliche Erfolge feierte. Enrico Caruso hatte zwei Kinder mit einer Italienerin, Ada Giachetti, doch die war in seinem Heimatland mit dem Chauffeur durchgebrannt. In seiner Verzweiflung hatte Caruso alle Hotels Italiens und Frankreichs abgeklappert, um sie zu finden – vergeblich. Im Januar 1909 war Ada Giachetti dann plötzlich in seinem Hotelzimmer in New York aufgetaucht. Nach heftigem Streit hatte er sie vor die Tür gesetzt. Seither fütterte sie die Presse mit Nachrichten über den Vater ihrer Kinder, über seine Affären und Laster. Caruso prozessierte gegen sie vor Gericht und erlitt einen Nervenzusammenbruch. Sein Schicksal ging vielen italienischen Einwanderern in Amerika nahe.

Im Mai 1911 brachte Serafina die nächste Tochter zur Welt, die zwei Monate später an einer Virusinfektion starb. Noch im selben Herbst, Verhütungsmittel gab es nicht, war meine Urgroßmutter erneut schwanger und erwartete ihren zweiten Sohn: meinen Nonno.

30

»Der Vater deines Nonno sagte, sie sei von einem Tag auf den anderen verschwunden.«

»Warum ist sie verschwunden?«

Meine Nonna zuckt mit den Schultern.

»Man sagt, sie sei entführt worden. Ob es stimmt, weiß ich nicht.«

»Wer sagt, sie sei entführt worden?«

»Die Leute.«

»Hat dein Vater nie von ihr erzählt? Sie waren mit demselben Schiff nach Amerika gefahren und wohnten dort eine Zeitlang in derselben Stadt, in derselben Straße!«

Wieder zuckt sie mit den Schultern.

Seit ihrem Verschwinden ist meine Urgroßmutter Serafina Objekt so mancher Spekulationen seitens der älteren Dorfbewohner:

»Deine Urgroßmutter hätte ihre Kinder niemals verlassen. Ich glaube, sie wurde umgebracht. In Amerika passierten damals schlimme Sachen.«

»Dein Urgroßvater Michele hat sich ein schönes Leben gemacht, und sie ist abgehauen.«

»Nach dem Zweiten Weltkrieg kam ein amerikanischer Soldat nach Mattinata. Er sagte, er sei der Sohn deiner Urgroßmutter.«

Klar scheint nur, dass mein Nonno im Sommer 1912 als letztes gemeinsames Kind meiner Urgroßeltern geboren und auf den Namen Tommaso getauft wurde. Nicht in Worcester, nicht einmal in Massachusetts, sondern sechshundert Kilometer entfernt in dem kleinen Ort Presque Isle im US-Bundesstaat Maine, nahe der kanadischen Grenze. Was meine Urgroßeltern dorthin verschlagen hatte, was vor und nach der Geburt meines Nonno geschah, liegt im Dunkeln. Dann verlieren sich Serafinas Spuren.

Als mein Urgroßvater Mitte der 1920er Jahre nach Mattinata zurückkehrte, sagte er, seine Frau sei in Amerika verschollen, und gab vor, nichts über ihr plötzliches Verschwinden zu wissen. In Amerika hatte er zumindest einmal etwas anderes erzählt.

1918 musste er sich noch vor Ende des Ersten Weltkriegs zur Musterung bei den amerikanischen Militärbehörden melden. Auf seiner *registration card* wurden Alter, Anschrift und Beruf festgehalten, darüber hinaus musste er Angaben zu seinen nächsten Angehörigen machen. An dieser Stelle hätte er seinen Vater oder irgendjemanden in seiner Heimat nennen können. Stattdessen steht dort: Serafina di Padova. Adresse: Italien.

Hatte meine Urgroßmutter ihre Familie verlassen, um nach Italien zurückzukehren? Dem Vernehmen nach kam sie nie im Gargano an. Warum begab sich mein Urgroßvater nicht auf die Suche nach ihr? Warum machte er ein Geheimnis aus ihrem Verschwinden? War sie vielleicht nicht aus freien Stücken gegangen? Hatte er sie wegen irgendeines Vergehens aus der Familie ausgestoßen? Hatte sich meine Urgroßmutter vielleicht sogar das Leben genommen? Oder war sie mit einem anderen durchgebrannt?

Mein Nonno wuchs mit einer unverstandenen Geschichte und ohne leibliche Mutter auf. Zunächst wieder in Worcester, wo sein Vater sich von Job zu Job hangelte. Vormittags besuchte Tommaso eine englischsprachige Schule, in der er ein warmes Mittagsessen bekam. Sobald er den Schulhof am frühen Nachmittag verlassen hatte und um die nächste Straßenecke gebogen war, sprach er wieder die Sprache seiner Vorfahren, hörte Geschichten von der Olivenernte, ohne je einen Ölbaum gesehen zu haben, und von den Wundern des San Michele. Um die Bindung der Kinder zur Heimat und zum katholischen Glauben zu festigen, richtete die italienische Kirchengemeinde »Our Lady of Mount Carmel« sogar einen eigenen Sonntagsunterricht für die Grundschüler ein. Das Kirchengebäude hatte sie den schwedischen Baptisten abgekauft.

Mit seinen Kindern und dem wenigen Hab und Gut zog mein Urgroßvater Michele von Wohnung zu Wohnung. Früher hatte er Neuankömmlingen aus Süditalien Ratschläge geben können. Mittlerweile dürften ihn die wenigen, die noch aus dem Gargano kamen – von 1917 an musste man, um eine Einreiseerlaubnis nach Amerika zu erhalten, lesen und schreiben können –, eher mitleidig angeschaut haben: einer, der es immer noch nicht geschafft hatte, in seine Heimat zurückzukehren.

Die Lage der italienischen Einwanderer hatte sich verschlechtert, Amerika brauchte nicht mehr so viele Arbeiter. Obschon etliche unter amerikanischer Flagge in den Krieg gezogen waren, wurde die Stimmung ihnen gegenüber feindseliger. Dass sie sich in Gewerkschaften engagierten und für bessere Arbeitsbedingungen kämpften, dass sie anderen

Glaubens waren, erregte den Unmut der wohlhabenderen protestantischen Bevölkerung.

Im September 1923 versammelten sich einige tausend Anhänger des wiederbelebten Ku-Klux-Klan vor der großen Konzerthalle in Worcester. Da, wo Enrico Caruso einst italienische Opernarien gesungen hatte, hetzten nun Kapuzenmänner gegen Schwarze und Italiener, Juden und Katholiken, Gewerkschafter und Intellektuelle. Und 1924, der Klan zählte inzwischen mehr als vier Millionen Mitglieder, kam ein neues Einwanderungsgesetz: Amerika machte seine Grenzen für Süd- und Osteuropäer dicht.

Rüttelte es meinen Urgroßvater wach, dass Vermummte in Worcester nun Kreuze verbrannten und die Verbindungen zu seiner Heimat gekappt wurden? Noch im selben Jahr verließ er Amerika und kehrte mit seinen Kindern nach Mattinata zurück.

31

Das Dorf putzt sich heraus. In den vergangenen beiden Tagen hat die Gemeinde beiderseits des *corso* und entlang der Promenade, die zur Kirche führt, rote Masten aufstellen lassen, die bunte Lichterketten tragen. Hunderte kleine Lämpchen wurden über den Straßen angebracht. Der blaugelbe Lampenschmuck gilt der »Heiligen Maria des Lichts«, die am Wochenende in einer langen Prozession durch den Ort getragen wird. Das Dorffest steht vor der Tür, Karussells, Budenzauber und die ganze vielfarbige Künstlichkeit, die im

Laufe eines Sommers von Ort zu Ort zieht: von Vieste nach San Giovanni Rotondo und von Mattinata zum Fest des heiligen Michael in Monte Sant'Angelo.

Schon jetzt ist die Aufregung spürbar. Vor den Plakaten mit dem Programm für die Festtage bilden sich kleine Grüppchen. Man spricht darüber, woher die Musiker kommen und wer wie viel für das Großfeuerwerk gespendet hat. Auf der kreisrunden Bühne, die auf der *piazza* für die verschiedenen Orchester aufgebaut wurde, spielen Kinder mit einem Ball. Die Stuhlreihen fehlen noch.

Im Schaufenster des Fotografen hängen Fotos von zurückliegenden Festen. Ein großformatiges Schwarzweißbild gleich neben der Eingangstür erregt meine Aufmerksamkeit: ein Blick von der Ortschaft hinunter zum Meer. Wie mir der Fotograf erzählt, entstand es zu Beginn des vorigen Jahrhunderts, in den Jugendjahren meiner Nonna. Ich erkenne die Straße, die zum Meer führt, und den Friedhof. Aber zu meiner Überraschung schillern in der Ebene unterhalb des Dorfes keine Olivenbäume, sondern Kornfelder.

»Und wo sind all die Bäume, an denen ich vorbeilaufe, wenn ich zum Meer gehe? Sind sie noch so jung?«

Ich hatte geglaubt: Wenn etwas in dieser Gegend älter ist als meine Nonna, dann sind es die Olivenbäume mit ihren runzligen Stämmen. Jetzt erfahre ich, dass die meisten erst vor fünfzig, sechzig Jahren gepflanzt wurden, nachdem die Preise für Getreide so weit gefallen waren, dass sich der Anbau hier nicht mehr lohnte. Mit dem Verkauf von Olivenöl dagegen kann man auch heute noch etwas verdienen.

»Ich habe viele Bäume fotografiert«, sagt der Fotograf.

»Keiner ist wie der andere. Aber schau dir die Menschen an, mit denen ist es nicht anders.«

Besitzt er vielleicht ein Foto meiner Urgroßmutter Antonia?

»Der Mutter deiner Nonna?«

»Ja! Meine Nonna hat kein einziges Bild von ihr.«

»Ich glaube nicht. Aber ich schaue gerne einmal nach.«

Er führt mich in ein Hinterzimmer, in dem auf einem kleinen Schreibtisch ein eingeschalteter Computer steht.

»Das ist mein Archiv: ein Jahrhundert Mattinata!«

Ich nenne ihm die wichtigsten Eckdaten aus dem Leben meiner Urgroßmutter, er scrollt mit seiner Maustaste zurück durch die Jahrzehnte, zeigt mir Bilder vom alten Hafen, von Mattinatas faschistischer Jugend, von Menschen am Strand in langen und noch längeren Badehosen.

»Wer ist diese Frau?«

»Maria Stella? Die da, mit dem Bündel Reisig auf dem Rücken, die aussieht wie eine Hexe?«

»Ja.«

»Wenn ich mich recht erinnere, war sie eine Cousine der Mutter deiner Nonna. Ihre Mutter war früh gestorben und hatte vier Töchter und einen Sohn zurückgelassen. Maria Stella war die Jüngste. Sie war sehr schön, groß gewachsen und schlank, hatte lange blonde Haare wie eine Schwedin. Am liebsten hätte sie den ganzen Tag über mit ihrem Bruder auf dem Feld gearbeitet. Heiraten wollte sie nicht, aber ihre Schwestern drängten sie dazu. Schließlich musste sie eine Ehe eingehen, weil ein Mann, den sie nicht mochte, immer wieder vor ihrem Haus auftauchte und eines Tages den Fuß auf die Schwelle ihrer Wohnung setzte. Er war früh Witwer geworden, brachte mehrere Kinder mit in die Ehe. Maria Stella wehrte sich auf ihre Art gegen die erzwungene Verbindung. Obwohl sie schön war und wohlhabend, lief sie in Lumpen durchs Dorf. Sie sah immer so aus wie auf diesem Bild, trug schwarze Kopftücher und alte Röcke, nur um ihren Mann zu entehren. Sie war unglaublich stolz. Wenn sie mit ihm zum Feld ging, saß sie nie oben auf dem Esel, sondern lief stets nebenher. Ihre Ehe, so heißt es, wurde nie vollzogen. Im Dorf nannte man sie *Maria Stella de pólece*, die Verlauste. Nur einmal in jedem Jahr, ein einziges Mal, zum Dorffest im September, legte sie ihren Schmuck an und putzte sich heraus. Dann drehten sich alle nach ihr um. Du solltest einmal die alten Männer nach ihr fragen. Jeder kannte sie! Jeder! Sie war eine unglaublich stolze Frau.«

»Und ihr Mann?«

»Was sollte er machen? Er hatte das Schicksal herausgefordert, und er hatte verloren.«

Auch in diesem Archiv gibt es kein Bild der Mutter meiner Nonna. Irgendwann taucht jedoch ein Foto meines Nonno auf, der zusammen mit Freunden bei einem Picknick auf der Wiese sitzt und raucht.

»Hast du deinen Nonno noch kennengelernt? Hier im Dorf nannten ihn alle Tommaso, den Amerikaner.«

»Ich erinnere mich vor allem daran, dass er nach Tabak roch. Ich war noch ein Kind, als er starb.«

»Er war ein trauriger Mann.«

»Das habe ich schon gehört. Warum war er traurig?«

»Auch er musste heiraten, obwohl er nicht wollte.«

»Warum musste er?«

»Die Zeiten waren so. Viele Ehen wurden an einer Türschwelle geschlossen. Er hatte keine Wahl.«

»Warum nicht?«

»*Eh,* da musst du deine Nonna fragen! Sie weiß es besser als alle anderen.«

32

Bis zu seinem zwölften Lebensjahr hatte mein Nonno eine amerikanische Schule besucht. Von seinem dreizehnten Lebensjahr an arbeitete er in Süditalien als Maurerlehrling. Widerwillig vielleicht, aber mit der Zeit fand er Gefallen daran, die Gegend, in die sein Vater ihn gebracht hatte, durch sein Handwerk zu verändern. Der schlechte Zustand der gedrängten Häuser in Mattinata war ihm gleich aufgefallen. Verglichen mit den mehrstöckigen Gebäuden in Worcester waren sie klein und dunkel, ohne richtige Fenster, ohne Strom, ohne fließendes Wasser.

Er selbst wohnte, bis er achtundzwanzig Jahre alt war, unter dem Dach seines Vaters, der sein Schlafzimmer mit einer jüngeren Frau teilte, die in dichter Folge fünf Kinder zur Welt brachte. Heiraten durften sie nicht, da mein Urgroßvater Michele den Behörden weder ein Scheidungsdokument noch eine Todesurkunde seiner ersten Frau vorlegen konnte. Ihr ungeklärtes Schicksal und seine wilde Ehe sorgten im Dorf für Gesprächsstoff.

Die faschistische Diktatur belohnte kinderreiche Familien mit satten Prämien. Sie bereitete eine ganze Generation auf den Krieg vor, auch die jüngeren Halbgeschwister meines Nonno. Als *figli della lupa*, Kinder der Wölfin, als *giovani italiane*, junge Italienerinnen, oder *avanguardisti* gingen sie zum Exerzieren hinaus auf die *piazza* und wetteiferten um sportliche Bestleistungen. Mein Nonno entging dem Drill und sollte 1943 zu einem der Gründungsmitglieder der Kommunistischen Partei in Mattinata werden.

Für seinen amerikanischen Pass war er so dankbar wie nie zuvor, als Italien auf Seiten Nazi-Deutschlands in den Zweiten Weltkrieg eintrat. Mussolini, der sich zunächst gegen ein solches Bündnis gesträubt hatte, wollte nach der Besetzung Libyens, Abessiniens und Albaniens die italienische Vorherrschaft im gesamten Mittelmeerraum erringen. Am 28. Oktober 1940 ließ er dem griechischen Ministerpräsidenten zu nachtschlafener Zeit ein Ultimatum überreichen. Wenige Stunden später griffen italienische Truppen das neutrale Griechenland an.

Mehr als dreihundert Männer aus Mattinata standen zu diesem Zeitpunkt schon unter Waffen und kämpften an verschiedenen Fronten. Die ersten waren bereits im Sommer gefallen, weit weg vom Gargano, in Libyen und Ägypten. Wen würde es nun treffen?

Mein Nonno konnte keinen Hass auf die Griechen empfinden und musste seiner amerikanischen Staatsbürgerschaft wegen nicht am »Spaziergang nach Athen« teilnehmen. Er fuhr wie gewohnt mit dem Bus zur Baustelle. Abends trafen ihn die misstrauischen Blicke der Schwarzhemden, die sich um seinen Cousin Francesco, den Parteisekretär, scharten. Beim *dopolavoro*, den von den Faschisten eingeführten Treffen nach der Arbeit, saßen sie gemeinsam vor dem Radio und spuckten große Töne: italienische Luftüberlegenheit, Vorstöße der Truppen im Pindus-Gebirge, man werde den Griechen schnell das Rückgrat brechen!

In Wirklichkeit war der griechische Widerstand vom ersten Tag an überraschend heftig. Um den Abwehrkampf zu unterstützen, hatten die Briten mehrere Flugzeugstaffeln der Royal Air Force in die Ägäis entsandt. Den Angreifern gelang trotz anfänglichen Erfolgen kein Durchbruch. Schließlich eroberten die Griechen sogar einige Dörfer zurück.

Wenn das Dorf die Radios ausschaltete, schaute mein Nonno bei meiner Nonna vorbei. Sie war, wie er, ohne Mutter aufgewachsen. Auch ihr Vater war voller Erwartungen nach Amerika aufgebrochen und enttäuscht zurückgekehrt. Mit ihr konnte er über vieles sprechen. Sie kannte die Geheimnisse des Dorfes, wusste, wer ein Doppelleben führte und wer uneheliche Kinder hatte. Zu später Stunde klopfte er bei ihr an.

33

»Ich öffnete ihm die Tür, die Eltern schliefen schon im oberen Stockwerk. Wir haben angefangen zu reden, es wurde später und später, wahrscheinlich war es schon nach Mitternacht, als ich ihn fragte, ob er nun nach Hause gehen oder lieber bei mir bleiben wolle.

Er sagte: Dann bleibe ich bei dir!

Am nächsten Morgen, er war schon wieder weg, ging ich zu seinem Vater und fragte ihn, wann sein Sohn in der Nacht zurückgekommen sei. Sein Vater sagte: Nach Mitternacht. Ich sagte: Nein! Er hat die Nacht bei mir verbracht. Da sagte sein Vater kein Wort mehr.«

»Du hast ihn eingeladen, die Nacht mit dir zu verbringen, um gleich am nächsten Morgen zu seinem Vater zu gehen und ihm alles zu erzählen?«

»Sei still und hör zu! Ich ging wieder nach Hause, dein Nonno ließ sich den ganzen Tag nicht blicken. Er war verschwunden. Am Nachmittag bat ich einen Nachbarn, ihn zu suchen. Er klapperte alle Weinkeller ab, konnte ihn aber nirgends finden. Als hätte ihn der Erdboden verschluckt. Daraufhin machte ich mich noch einmal auf den Weg, klopfte bei ihm zu Hause an die Haustür – niemand öffnete. Ich klopfte noch einmal, aber drinnen rührte sich nichts. Daraufhin ging ich wieder nach Hause zurück, suchte das Rasiermesser meines Vaters und steckte es in den Ärmel. Die Wohnung schloss ich ab und gab einer Cousine den Schlüssel. Geh nicht, rief sie mir nach. Ich hörte nicht auf sie.«

Ein drittes Mal sei sie zu Nonnos Wohnung gegangen und habe angeklopft.

»Seine Schwester Antonella machte auf. Ich fragte nach ihm, sie sagte, er liege im Bett. Trotzdem ließ sie mich herein. Beim Betreten des Zimmers habe ich das Rasiermesser gezogen und bin damit auf ihn losgegangen. Seine Schwester schrie. Er sprang sofort auf, packte mich an beiden Händen, warf mich zu Boden, nahm mir das Messer weg und stürmte aus dem Haus. Ich blieb dort und sagte, ich würde das Haus nicht mehr verlassen. Ich sagte, er habe mir die Ehre geraubt. Dann kam sein Vater. Er hörte sich alles an und sagte mir, ich solle ihm vier Tage Zeit geben. Er werde das mit seinem Sohn klären.« Nach Ablauf von vier Tagen habe sie dann die Nachricht erhalten, sie solle am nächsten Tag zur Eheschließung in die Kirche kommen.

»Dein Nonno kam in Arbeitsklamotten, nicht einmal einen Anzug hatte er an. Ich besaß zwar ein weißes Brautkleid, trug es aber nicht. In der Kirche waren nur fünf Personen anwesend: außer uns der Vater seines Vaters, die Mutter meines Vaters und ein Cousin als Trauzeuge. Dein Nonno wartete nicht einmal bis zum Ende der Zeremonie, sondern machte sich davon, noch ehe der Pfarrer den Segen gesprochen hatte. Er wollte zurück zur Arbeit. Aber er verpasste den Bus nach Foggia.«

Während sie nach Hause gegangen sei, habe sich der Trauzeuge auf die Suche nach dem Bräutigam begeben, ihn schließlich gefunden und mit zu sich nach Hause genommen. Dort hatten er und seine Frau ein kleines Essen für das Brautpaar vorbereitet.

»Nach dem Essen sagte er zu deinem Nonno: Im Namen des Gesetzes, du musst jetzt mit zu ihr nach Hause gehen! Also kam dein Nonno mit zu mir. Außer einem kleinen Koffer brachte er nichts mit. Das ist die ganze Geschichte!«

34

Meine Nonna spricht, als hätte sie die Geschichte in dieser Version schon zigmal erzählt. Oder ist es eine Fortsetzung des Mit-sich-selbst-Redens? Sie spricht, ohne innezuhalten. Kein Zögern, kein Abwägen. Weder erläutert sie die Beweggründe für ihr damaliges Handeln, noch bittet sie mich in irgendeiner Weise darum, mit ihr zu empfinden. Sie schaut mich nicht an und lässt keine Fragen zu. Ich habe sie dazu gedrängt, mir vom Vorabend ihrer Ehe zu erzählen, jetzt will sie sich nicht mehr aus dem Konzept bringen lassen.

Ich höre, dass es bereits nach Mitternacht war, als sie meinen Nonno einlud, die Nacht mit ihr zu verbringen, und denke: An Entschlossenheit hat es meiner Nonna nie gemangelt. Immer hat sie das Heft des Handelns in die Hand genommen. Dennoch überrascht es mich, dass sie, die immer gepredigt hat, eine Frau habe jungfräulich in die Ehe zu gehen, den ersten Schritt machte.

Am Morgen schlich sich mein Nonno aus dem Haus. Sollte es ein Geheimnis bleiben?

Das deutsche Wort »Geheimnis« erscheint mir an dieser Stelle treffender als das italienische »*segreto*«. Geheimnis kommt von »Heim«, »im gleichen Hause sein«. Er war mit ihr im gleichen Hause gewesen. Sie wollte für immer mit ihm im gleichen Hause sein. Sie wollte ihn heiraten. Würde er sie heiraten?

Nachts hatte auch sie heimlich getan. In der Dunkelheit hatte sie auf ihre Attraktivität vertraut und auf seine Verführbarkeit. Warum war dieses Vertrauen bei Tagesanbruch weg?

Du hast ihn eingeladen, die Nacht mit dir zu verbringen, um gleich am nächsten Morgen zu seinem Vater zu laufen und ihm alles zu erzählen?

Sei still und hör zu!

Das also war ihr Plan: dass er sie, nachdem er die Schwelle des Hauses übertreten hatte, würde heiraten müssen. So war es immer gewesen. Alle wussten es, auch er sollte es wissen. Sein Vater musste es wissen!

Doch anders als sie erwartet hatte, äußerte sich mein Urgroßvater Michele zunächst nicht zum nächtlichen Fernbleiben seines Sohnes, sondern versuchte, sich aus der Sache rauszuhalten. Und mein Nonno? Dachte er, man würde ihm, dem *americano*, zugestehen, dass er es mit den Sittenregeln des Dorfes nicht so genau nahm?

Im Laufe des Tages müssen sich die Gedanken meiner Nonna zu Ungeheuern ausgewachsen haben. Als sie mit dem Rasiermesser auf ihn losging, hätte mein Nonno sie aus dem Haus jagen, er hätte zur Polizei gehen und sie anzeigen können. Stattdessen lief er weg. Sie blieb und weigerte sich, das Haus zu verlassen, ehe ihre Ehre nicht wiederhergestellt sei. Und noch während sie dort war, muss es ihr gelungen sein, seinen Vater auf ihre Seite zu ziehen. Warum stellte sich mein Urgroßvater nicht hinter seinen Sohn? Warum nahm er ihn nicht in Schutz vor einer Frau, die zu solchen Mitteln griff? Hatte er Angst davor, dass sie nun einen Skandal lostreten und die Frauen im Dorf hinter sich bringen würde? Fürchtete er das Gerede, weil er selbst etwas zu verbergen hatte?

Ich höre vom Machtwort meines Urgroßvaters, vom Läuten der Kirchenglocken, und mein Herz schlägt schneller bei der Schilderung, wie mein Nonno in Arbeitsklamotten in der Kirche erscheint und sie noch vor Ende der Zeremonie verlässt.

Dann ist es still. Meine Nonna verstummt. Sie hat gesagt, was sie sagen wollte. Vierundsechzig Jahre liegen zwischen der Person, die vor mir sitzt, und jener, die, zu allem bereit, mit dem Rasiermesser auf meinen Nonno losging. Erschütternd, wie leicht es mir fällt, beide miteinander zur Deckung zu bringen.

35

Nach halb durchwachter Nacht reißt mich Kanonendonner aus dem Bett. Eine Schrecksekunde, dann werfe ich mich zurück auf die Matratze, springe bei der nächsten Detonation wieder auf und laufe ins Wohnzimmer, wo ich aus Sorge, das Glas könnte zerspringen, die Fenster aufreiße.

Einige Nachbarn stehen bereits auf den Balkonen. Geblümte Küchenschürzen, weiße Doppelripp-Unterhemden, die Hände der Frauen in den Kitteltaschen, die Männer mit verschränkten Unterarmen. Glockengeläut und aufgeregtes Vogelgezwitscher zwischen den Kanonensalven. Nachdem einundzwanzig Böllerschüsse den Beginn des Fests der Heiligen Maria des Lichts verkündet haben, dreht sich die Nachbarschaft schweigend um und verschwindet hinter bunten Mückenschutzvorhängen, während der Straßenfeger mit seinem Reisigbesen weiterzieht.

Vor dem morgendlichen *caffè* klopfe ich bei meiner

Nonna an. Nach längerem Warten dreht sich der Schlüssel im Schloss. Ihr kurzes, ungekämmtes Haar klebt in Strähnen am Kopf. Unter ihrer schwarzen Strickweste schaut der Stoff des Nachthemds hervor. Es ist bereits nach sieben Uhr, doch sie scheint erst jetzt aufgestanden zu sein.

»Mir tut das linke Bein weh. Nicht nur die Hüfte, sondern das ganze Bein, bis hinunter in die Füße. Als ich aufwachte, merkte ich sofort, dass etwas nicht in Ordnung ist. Um mich auf die Seite zu rollen, musste ich mich an der Kommode festhalten. Als ich dann den Fuß auf den Boden setzte, fuhr mir ein Schmerz ins Bein, dass ich dachte: Jetzt falle ich! Dann habe ich angefangen zu beten: *Signore, signore, signore, aiutami signore!*«

»Hast du das Bein schon eingerieben?«

»Nicht einmal das Bett habe ich gemacht.«

»Kann ich dir irgendwie helfen?«

Sie winkt ab.

»Ich muss heute mit allem noch langsamer machen als sonst«, sagt sie und greift nach einem Kamm.

Draußen bläst ein Tubist ins Bügelhorn. Nach ihm spielt ein Trompeter auf. Als ich den Vorhang zur Seite schiebe, leuchtet ihr hellblaues Nachthemd im Morgenlicht. An der Kreuzung steigen dreißig Männer in grauer Uniform aus einem Bus aus und setzen ihre Blasinstrumente an die Lippen. Es dauert eine Weile, ehe sich in dem akustischen Durcheinander zwei Reihen formieren und ein Tross aus seltsamen Paaren – Jung neben Alt, schlanke Burschen neben dicken Bäuchen – sich zu Verdis patriotischen Tönen in Bewegung setzt.

Meine Nonna blinzelt im Zwielicht und fährt weiter mit dem Kamm durch ihr Haar. Wenn sie sich kämmt, dann kämmt sie sich. Und wenn sie hinter der Gardine sitzend nach draußen schaut, dann schaut sie nach draußen.

Schließlich kann ich ihr doch behilflich sein und begebe mich zum Badezimmer, das von ihrem Schlafzimmer aus erreichbar ist. In Verlängerung der schmalen Küche gräbt es sich in den Hang hinein.

Der Drehknauf der Badezimmertür wackelt. Drinnen ist es finster. Das Deckenlicht funktioniert nicht. Ich weiß nicht, wie sie hier Licht macht, ziehe meinen Kopf ein, bleibe in gebückter Haltung hinter der Schwelle stehen und warte darauf, dass sich meine Augen an die Dunkelheit gewöhnen.

Den Wänden entströmt ein klammer, mir vertrauter Geruch. So wie im hintersten Winkel ihrer Wohnung roch es früher bei Nachbarn meiner Nonna, in einem Haus, das längst nicht mehr steht. Wenn ich nach einem Besuch bei ihnen wieder ans Tageslicht trat, war mir, als käme ich aus einer Höhle hervorgekrochen.

Durch einen vergitterten Lüftungsschlitz hindurch höre ich das Echo müder Schritte. Vom Parkplatz her? Von der Schule?

»*Mariett!*«

Jemand ruft nach meiner Nonna.

»*Mariett!*«

Sie antwortet nicht.

Die Haustür öffnet sich. Flüstertöne durch den Türspalt. Eine mir unbekannte Frauenstimme. Schwer zu sagen, wovon sie zu meiner Nonna spricht.

Vor mir ein kleines Waschbecken, linker Hand die Toilettenschüssel, ein Wischlappen. Gegenüber der Toilette die Umrisse des gesuchten gabelförmigen Stöckchens, etwa so lang wie meine Elle. Solche Zwillen gibt es in der Wohnung meiner Nonna in allen Größen.

Ohne dass sie auch nur ein Wort gesagt hätte, schließt sich die Haustür wieder.

Den Drehknauf meidend, ziehe ich die Badezimmertür an einem alten, fest angeschraubten Verschlussriegel hinter mir zu und spüre beim Verlassen des gedrungenen Raums die Anspannung meiner Nackenmuskeln.

In der Stube sitzt meine Nonna im Nachtjäckchen, reinigt ihren Kamm und gibt mir mit einer seitlichen Bewegung ihres Kopfes zu verstehen, dass ich die Anziehhilfe für ihre wollenen Socken auf der Nähmaschine ablegen soll. Ich setze mich ihr gegenüber auf den Stuhl. Und warte.

36

Der Strand ist menschenleer. Mit Beginn des Dorffests haben die meisten Bars geschlossen. Sonnenschirme und Liegestühle sind zusammengeklappt und aneinandergekettet.

Ich steige auf den langen Steinwall, der wie ein Arm in die Adria hineinragt. Barfuß laufe ich über die warmen, bis zu zwei Meter langen Felsblöcke, die beim Tunnelbau aus dem Gargano-Massiv herausgebrochen wurden. Auf ihren Seitenflächen sind die Zeichnungen des Bohrgestänges immer noch als Rinnen erkennbar. Zwischen den Steinen, in Spalten und Hohlräumen, spielen kleine Krebse in einer kaum merklichen Brandung.

Vom Ende des Walls kann ich über die Olivenhaine hinweg zum Dorf hochschauen. Es gehört ganz dem Gebirge an, obschon ich früher gelegentlich vom »Fischerdorf« sprach, wenn ich Freunden von Mattinata erzählte, beeindruckt von ein paar Netzen, die am Strand lagen, von einem großen Tintenfisch, der direkt nach dem Fang an seinen langen Armen gepackt und auf einem Fels weichgeklopft wurde, oder von den überbordenden Fischständen auf dem Wochenmarkt, wo sich vielfüßige Scampi und Sepien häuften, die allerdings nicht von mattinatesischen Fischern gefangen, sondern aus Manfredonia und anderen Küstenstädten angeliefert wurden.

Die Luft riecht angenehm nach Seegras und Tang. Das Meer ist still. Ich setze mich auf einen der Felsblöcke und schaue auf die gleichmäßigen flachen Wellen.

Warum erfahre ich erst jetzt von alldem? Warum hat mein Vater nie darüber gesprochen? Konnte oder wollte er nicht sprechen? Oder wusste er vielleicht nichts davon, wie die Ehe seiner Eltern zustande kam? Ist es möglich, dass sie all die Jahre geschwiegen haben?

Warum wollte meine Nonna diese Ehe mit Gewalt erzwingen? Liebte sie meinen Nonno, allem Anschein zum Trotz, so leidenschaftlich? Warum gerade ihn, einen Kommunisten, der nicht an Gott glaubte?

Meine Kindheitserinnerungen an ihn sind überdeckt von den Erzählungen anderer. Am deutlichsten erinnere ich mich an seine Hände. Mein Nonno hatte raue, trockene

Hände: Bauarbeiterhände, wie mein Vater. In den Hautfältchen über ihren Fingergelenken und in ihren Nagelbetten saßen Putz und Kalk, die sich selbst mit der Handbürste nicht mehr entfernen ließen.

Als mein Nonno mit Mitte fünfzig beschloss, sein Geld in Deutschland zu verdienen, kam er nicht ins Rheinland, wo mein Vater arbeitete, sondern fand eine Anstellung in Neheim-Hüsten in der Nähe von Dortmund. Zuerst hatte er von einem Jahr gesprochen, doch nach vier Jahren war immer noch keine Rede von einer Rückkehr nach Mattinata, obschon er sich in dem kleinen sauerländischen Städtchen nie heimisch fühlte und oft nicht wusste, wohin. Nach der Arbeit konnte er nicht einfach hinaus auf die Straße gehen, um unter Leuten zu sein, weil die abendlichen Straßen leer waren und kalt. Stattdessen spielte er mit seinen Kumpels, viele von ihnen Sizilianer, *briscola*, *scopa* und andere Kartenspiele.

Wann immer er eine günstige Mitfahrgelegenheit fand, kam er uns am Wochenende besuchen. Er freute sich darauf und brachte uns Enkelkindern oft eine Kleinigkeit mit: ein paar Murmeln oder ein Diabolo.

Er und mein Vater saßen dann in den großen Wohnzimmersesseln, zündeten sich jeder eine Pfeife an, bliesen Rauchwölkchen in die Luft und schwiegen. Beide rochen immerzu nach Tabak und hatten sommers wie winters sonnengebräunte Gesichter. Am Esstisch saßen sie mit aufgestützten Unterarmen, hatten dieselben Trinkgewohnheiten – wechselweise Rotwein und stilles Wasser – und Essensvorlieben – reichlich Brot zu der obligatorischen

Pasta. Dass sie beim Fischessen auf Messer und Gabel verzichteten, fand auch ich zwar ziemlich praktisch. Doch wenn sie begannen, die Fischköpfe mitsamt den milchigen Augen auszulutschen, war mir eher danach, aufzuspringen und wegzulaufen.

Nach dem Essen zogen sie sich zur *pennichella* zurück, zu einem Nickerchen. Beim gemeinsamen Sonntagnachmittagsspaziergang nahm mich mein Nonno dann bei der Hand und ließ mich spüren, dass er gerne mit mir an seiner Seite ging. Er hatte harte, dicke Finger, wie mein Vater. Mit dem Unterschied, dass mein Vater einen Ring trug, mein Nonno nicht.

Eine Szene hat mein Bild von ihm besonders stark geprägt. Obschon ich damals erst vier Jahre alt war und nur durch meine Mutter davon weiß, hat mich der Gedanke daran nicht mehr losgelassen. Zum wiederholten Mal in diesem Sommer kehrt er unvermittelt zurück:

Wir fuhren zusammen mit meinem Nonno mit der Bahn nach Italien. Nachdem er ein ganzes Jahr nicht in Mattinata gewesen war, stellte er bei seiner Ankunft schweigend seinen Koffer in der Wohnung ab und verließ das Haus wieder, ohne ein Wort zu sagen, ohne meine Nonna auch nur anzuschauen. In jeder seiner Gesten spürte meine Mutter die Verachtung, die er seiner Frau entgegenbrachte. Die feindselige Stimmung im Haus hielt die gesamten Ferien über an.

Auch ich habe meinen Nonno in späteren Jahren für seine Kälte angeprangert und suchte die Gründe für sein Verhalten in dem rauen Arbeitermilieu, dem er genauso angehörte wie mein Vater, und in einer patriarchalen Gesellschaftsordnung, in der die Frau der Willkür ihres Mannes scheinbar schutzlos ausgeliefert war, ihm zu dienen und seine Launen still zu ertragen hatte. *Citte, citte.* Meine Großeltern, so malte ich mir aus, waren in diesem Geist erzogen worden, und die Leidtragende war meine Nonna.

37

Am nächsten Morgen wieder Blasmusik. Meine Nonna schiebt lässig die Gardine beiseite und schaut den akustischen Vorboten des zweiten Festtags hinterher.

»Wer weiß, woher sie kommen.«

Über Nacht sind die Schmerzen aus ihrem Bein gewichen. Sie wird heute besser durch den Tag kommen.

»Du bist doch größer als dein Vater, oder?«, fragt sie, nachdem das Blasorchester in den *corso* eingebogen und aus ihrem Blickfeld verschwunden ist. »Weißt du, warum ich dich das frage? Ich habe noch einen Schlafanzug, den ich für deinen Vater genäht hatte, kurz bevor er starb. Vielleicht passt er dir.«

Ungläubig schüttele ich den Kopf. Ich besitze bereits einen von meiner Nonna genähten Pyjama, grün-weiß gestreift, die Ärmel und Hosenbeine sind zu kurz. Trotzdem ziehe ich ihn in den Sommermonaten manchmal an.

Meine Nonna freut sich, das zu hören.

»Es ist ein guter Stoff!«

Ordentlich zusammengefaltet liegt der Schlafanzug auf ihrer Nähmaschine. Auch er hat Längsstreifen, hell- und dunkelblaue sowie lilafarbene, dazwischen feine weiße und dunkelblaue Linien, die sich beim näheren Hinsehen in Punktreihen auflösen und das Auf- und Abtauchen des Garns erkennen lassen. Das Muster wirkt leicht, das Gewebe ist fast so fest wie Jeansstoff.

»Ich bin gespannt, ob er dir passt!«

Ich halte das Oberteil vor meinen Körper: weiter Kragen, eine Brust- und zwei Seitentaschen. Anders als das Exemplar, das sie mir vor zehn oder fünfzehn Jahren vermachte, wird dieser Pyjama nicht von einem Gurt zusammengehalten, der in Höhe der Taille verknotet werden muss und daher nachts als Knubbel gegen meine Hüfte oder in meine Weichteile drückt. Stattdessen hat er eine Knopfleiste aus fünf irisierenden Perlmuttknöpfen. Die Löcher auf der gegenüberliegenden Seite sind sauber ausgestanzt und am Rand verstärkt.

»Mir gefallen die Knöpfe.«

»Das sind gute Knöpfe. Sie sind aus Muscheln gemacht. Solche findet man heute nicht mehr. Nicht einmal ich habe noch welche übrig.«

Ich lege das Oberteil über die Stuhllehne, greife nach der Hose, setze sie an der Hüfte an und lasse die Hosenbeine frei vor mir herunterbaumeln. Zu kurz. Viel zu kurz.

»Probier ihn an!«, fordert mich meine Nonna auf, mit einer Handbewegung, als wolle sie eine Fliege verscheuchen. »Geh ins Schlafzimmer und zieh ihn dir über!« Womit sie nicht die Kammer meint, sondern das größere Zimmer nebenan.

Dort riecht es wie immer nach Mottenpulver. Nicht sehr

stark, aber meine Nase kennt den Geruch in all seinen Verflüchtigungsstufen, seit mir die Nonna den schwarzen Mantel aufschwatzte, den mein Nonno getragen hatte. Der Wintermantel verströmte den Mief über Jahre hin, bis er zuletzt so weit verflogen war, dass die Motten tatsächlich ungestört in den rauen Stoff eindrangen und im dunklen Flur eines Berliner Altbaus so viele Eier hineinlegten, als wollten sie einen ganzen Tierkadaver zersetzen. Der Mantel war hin. Meiner Nonna gegenüber habe ich nie ein Wort darüber verloren. Auch er hatte viel zu kurze Ärmel.

Ich schalte das Licht ein und ziehe hinter mir die Tür zu. Wieder fällt mir zuerst das Foto meines elegant gekleideten Nonno ins Auge, der Anzug und Krawatte trägt und mich von der Kommode her anschaut, vielleicht das einzige Bild von ihm, das vor seiner Ehe mit meiner Nonna gemacht wurde.

Im Schlafzimmer stehen noch zwei weitere gerahmte Fotografien. Eine davon zeigt mich zusammen mit meinen beiden Schwestern, drei strahlende Kinder, die sich für den Auftritt beim Fotografen zurechtgemacht haben. Das andere Bild ist ein Hochzeitsfoto meiner Eltern, beide ganz jung, mit einem gehemmten Lächeln. Sie trennten sich, lange bevor mein Vater starb.

Das Schlafzimmer gehört den toten und fernen Angehörigen, den Koffern, die nicht mehr gepackt, den Handtaschen, die nicht mehr getragen, den Betttüchern, die nicht mehr gespannt, und den schweren Schubladen, die nur noch selten geöffnet werden. In einer von ihnen wird auch dieser Schlafanzug wieder verschwinden, wenn er mir nicht passt, weshalb ich die Hose ein Stück weit über die Hüftknochen nach unten ziehe, ehe ich zurück in die Wohnstube gehe.

»Er ist tatsächlich zu kurz«, sagt meine Nonna und winkt mich heran, um zu kontrollieren, ob sie am Saum nicht noch etwas Stoff eingeschlagen hat, mit dem sie die Beine nachträglich verlängern könnte.

Ich gehe ein paar Schritte durch den Raum, zurück ins Schlafzimmer, schaue in den Spiegel, stelle mich wieder vor ihren Stuhl und sage, dass mir der Pyjama trotzdem gefällt.

Sie schmunzelt.

»Er ist wirklich schön. Und weißt du, was ich denke? Es ist besser, dass er so kurz ist, denn so kommt mehr frische Luft von unten rein!«

Lacht und reißt beide Arme nach oben, um ihren Worten den nötigen Aufwind zu geben.

38

»*Ma tu sei figlio di Tonino*?« Bist du nicht der Sohn von Tonino?

In diesem Dorf bin ich schon immer Kind meines Vaters gewesen. Hier kennen mich mehr Menschen als in Berlin oder anderswo. Auch mir völlig fremde Gestalten duzen mich, manche sprechen mich mit *dottore* an.

»Wir waren dicke Freunde, dein Vater und ich. Ich kannte ihn schon, als er noch so klein war.«

Seine Erinnerung verliert sich irgendwo in Bauchhöhe. Ich dagegen kann mich nicht entsinnen, den Mann mit der breiten, dunklen, großporigen Nase schon einmal gesehen zu haben.

»Dein Vater hatte zwei Kinder, nicht wahr?«

»Ich habe zwei Schwestern.«

»Ach ja! Einen Sohn und zwei Töchter.«

Eine eingeschweißte Tablette wandert von seiner linken Hand in die rechte. Von irgendwoher kommt Live-Musik. Das ganze Dorf ist auf den Beinen und wogt zwischen der *piazza* und dem Festplatz mit den Karussells hin und her.

»Als ich deinen Vater kennenlernte, ging er noch zur Schule. Die Klassenräume waren über das ganze Dorf verteilt, der eine hier, der andere dort.«

Seine nervösen Finger dellen die durchsichtige Plastikhülle ein. Zwischendurch schließt er die Augen.

»Ich erinnere mich an einen Vorfall. Ich weiß nicht, ob dein Vater dir je davon erzählt hat: Als eines Tages mal wieder Lärm im Klassenzimmer war, nahm die Lehrerin den Rohrstock und schlug damit nach einem Schüler. Dieser Schüler saß neben deinem Vater, und als die Lehrerin mit dem Stock ausholte, duckte er sich weg. Der Stock traf deinen Vater, und zwar so heftig, dass sein Arm brach. Ich weiß nicht, ob du das wusstest.«

»Nein, das höre ich zum ersten Mal.«

»Er musste eine ganze Weile Gips tragen.«

»Und die Lehrerin?«

»Sie griff weiter zum Rohrstock.«

»Haben meine Großeltern sie nicht zur Rede gestellt?«

»Das waren andere Zeiten! Die Leute dachten: Wenn eine Lehrerin zuschlägt, dann hat sie guten Grund dazu.«

Die Musik wird lauter: eine schmachtende Männerstimme à la Eros Ramazzotti. Er grüßt ein junges Ehepaar mit Kinderwagen und kneift dem kleinen Jungen im Vorbeiziehen beherzt in die Wange. Ich frage ihn, warum mein Vater dasselbe Handwerk erlernte wie sein Vater.

»Dein Nonno sagte zu deinem Vater: Als Maurer wirst du immer etwas zu tun haben. Und er hatte recht. Immer wird irgendwo gebaut.«

Wieder schließt er kurz die Augen.

»Als ich noch jung war, habe ich manchmal mit deinem Nonno zusammengearbeitet, mal in Pugnochiuso, ein andermal in San Giovanni. Dein Vater war nie dabei. Er hat immer zugesehen, dass er auf eine andere Baustelle kam als dein Nonno. Er wollte eigene Wege gehen.«

Das Maurerhandwerk sei damals eine Schinderei gewesen. Schon als Jugendliche hätten sie vierzig mal zwanzig mal fünfundzwanzig Zentimeter große Tuffsteine auf ihren schmalen Schultern die Leiter hinaufschleppen müssen und anfangs nicht einmal Lohn dafür bekommen, sondern nur die vage Aussicht auf einen späteren Posten.

»1959 bin ich dann nach Deutschland gezogen, ein Jahr vor deinem Vater. Er arbeitete weiterhin als Maurer, ich dagegen habe Straßen gebaut. Siebenunddreißig Jahre lang!«

Was er nun auszusprechen versucht, klingt nach »Ansbach« oder »Arnsberg«. Vermutlich meint er jene Stadt im Sauerland, in deren Einzugsgebiet auch mein Nonno lebte.

»Viele haben Mattinata damals aus Not verlassen. Aber dein Vater und ich, wir waren jung und wollten die Welt erobern. Wir wollten etwas aus unserem Leben machen. Dass wir nach Deutschland gingen, war zu siebzig Prozent Abenteuerlust.«

Das Abenteuer begann für meinen Vater mit einem kalten Winter, Schlechtwettergeld und der Erkenntnis, dass er, wenn er sich an diejenigen hielt, die vor ihm eingewandert waren, als Maurer überall in Deutschland Arbeit finden konnte. Über Ludwigsburg und Bad Hönningen gelangte er 1962 nach Leutesdorf am Rhein, wo ihm ein höheres Gehalt winkte – drei Mark zehn Stundenlohn, bei zufriedenstellender Leistung drei Mark zwanzig – sowie ein ordentliches, beheizbares Zimmer, das er sich mit einem Freund aus Mattinata teilte. Die Miete wurde direkt von ihrem Lohn abgezogen.

In einer Stadt im Ruhrpott wäre mein Vater vermutlich in eine ähnliche Sackgasse gelaufen wie seine Großeltern in den Industrierevieren Nordamerikas: Er hätte nur Kontakt zu Landsleuten gehabt. In dem kleinen Weinort am Mittelrhein jedoch bewegte er sich rasch aus dem Kreis der wenigen Gefährten hinaus. Noch im selben Jahr lernte er meine Mutter kennen.

»Ich erinnere mich an euer Haus. Es war ein großes Haus mit Garten. *Era proprio bella la casa!*«

Das »wirklich schöne Haus« war der ganze Stolz meines Vaters. Binnen wenigen Jahren hatte er es als Einwanderer zu etwas gebracht. Der Preis dafür waren zahllose Überstunden und Nebentätigkeiten bis in den Abend hinein. Wir Kinder sahen ihn auch deshalb selten, weil er seine Gewohnheit, auf dem *corso* auf und ab zu spazieren und hier und da ein Schwätzchen zu halten, in Leutesdorf wiederaufnahm, notgedrungen in einer etwas anderen Form. Um mit den

Bewohnern des Zweitausend-Seelen-Dorfs ins Gespräch zu kommen, trat mein Vater in alle erdenklichen Vereine ein, etwa in den Männergesangverein, obschon er den Ton kaum halten konnte. Bei Karnevalssitzungen stand er als Pizzabäcker in der Bütt (»Oh la la, willse du eine Pizza? Oh la la, Pizza wundaba!«) oder in Arbeitskleidung als italienischer Gastarbeiter. Von den italienischen Sozialisten wechselte er zu den deutschen Christdemokraten, für die er später, nachdem er die deutsche Staatsangehörigkeit angenommen hatte, im Verbandsgemeinderat saß. Die *passeggiata* führte ihn durch sämtliche Vereinslokale.

Urlaub machte er stets in seiner alten Heimat, in den Sommerferien mit der ganzen Familie, im Winter, wenn die Arbeit auf dem Bau ruhte, alleine. Dann schmiedete er zusammen mit meiner Nonna Pläne, ihr Haus aufzustocken, um sich auch in Mattinata eine eigene Wohnung einzurichten. Sie zog im Hintergrund die Fäden, er schaute träumerisch in die Zukunft.

»Wir waren dicke Freunde, dein Vater und ich!« wiederholt der Alte mit der sonnengegerbten Nase. Vor dem abschließenden Händedruck stößt er ein teilnahmsvolles »*Eh*« aus, einen Laut, mit dem viele Gespräche in dieser Gegend enden. Seltsam, dass ich mich nicht an dieses markante Gesicht erinnern kann.

39

Der Süden Italiens braucht seine Heiligen. Zum Beispiel verdankt sich der Aufstieg Baris zur Landeshauptstadt Apuliens den Gebeinen des heiligen Nikolaus. Unter seinem Patronat erhielt Bari Privilegien, die die Stadt auf andere Weise niemals hätte erringen können.

Der spektakuläre Raub der Gebeine war von langer Hand geplant: Wenige Jahre vor Beginn des ersten Kreuzzugs entsandten reiche Kaufleute aus Bari drei mit Weizen beladene Schiffe nach Kleinasien. Nachdem die Besatzung das Getreide verkauft und die Handelsgeschäfte abgewickelt hatte, begaben sie sich nach Myra, wo sich das Grab des heiligen Nikolaus befand, der als Schutzpatron der See- und Kaufleute galt. Dort gingen die Bareser an Land und ließen sich die Grabstätte von den orthodoxen Mönchen zeigen. In einer Nacht-und-Nebel-Aktion öffneten sie das Marmorgrab gegen den Widerstand der Mönche, bemächtigten sich der Reliquie und segelten zurück in ihre Heimat, wo sie am 9. Mai 1087 eintrafen. Von diesem Tag an war Bari das neue Zentrum des Nikolaus-Kults im Abendland.

Noch im selben Jahr begann die Stadt mit dem Bau der Basilica di San Nicola. Die direkt am Meer gelegene dreischiffige Kirche sollte die letzte Ruhestätte für die Gebeine des Heiligen werden. Bis zu ihrer Fertigstellung vergingen hundert Jahre – eine Zeitspanne, in der es einem französischen Kreuzritter gelang, ein Fingerglied der rechten Nikolaus-Hand zu stehlen und in Lothringen einen weiteren Wallfahrtsort zu etablieren.

Heute kommen die meisten Pilger zur Prozession am 9. Mai nach Bari, wenn eine Nikolaus-Statue, von geschmückten Booten eskortiert, über die abendliche Adria schippert. An diesem Tag fangen die Kirchenoberen von San Nicola etwas von der Flüssigkeit ein, die den Gebeinen des Heiligen entweichen soll. In kleine Fläschchen abgefüllt, wird dieses *santa manna* in alle Welt verschickt.

Meine Nonna interessiert sich weder für die ferne Landeshauptstadt noch für das Heilmittel des heiligen Nikolaus. Als ich jedoch in Zusammenhang mit meinem Ausflug nach Bari den kurzen Abstecher nach San Giovanni Rotondo erwähne, bekommt sie leuchtende Augen.

»Bist du am Grab von Padre Pio gewesen?«

»Nein, ich bin nicht an seinem Grab gewesen.«

Von einem Moment auf den anderen verfinstert sich ihre Miene.

»Das Grab habe ich schon vor Jahren gesehen.«

Entgeistert schaut sie mich an. Unbegreiflich für sie, dass ich die Krypta in der kleinen Kirche Santa Maria delle Grazie links liegengelassen habe, dass ich kein Gebet und keine Bitte an den Heiligen gerichtet habe.

»Ich bin nach San Giovanni gefahren, um mir die neue Wallfahrtskirche anzuschauen.«

Minuten fassungslosen Schweigens, ehe sie wieder einen Laut von sich gibt.

»*Mbeh!*«

Das Bergstädtchen San Giovanni Rotondo ist völlig aus dem Gleichgewicht geraten. Abgesehen von Rom, gibt es in

Europa kaum einen Wallfahrtsort mit einem derartigen Zustrom. Hotels, Gaststätten und Parkhäuser für die bis zu sieben Millionen Pilger, die es Jahr für Jahr zur ehemaligen Wirkungsstätte des stigmatisierten Kapuzinerpaters zieht, sind aus dem Boden geschossen.

Im Unterschied zu den Hotelklötzen liegt die neue Wallfahrtskirche flach wie eine Muschel auf dem Fels. Auf dem Vorplatz der Kirche, wo sich zu besonderen Feiern dreißigtausend Menschen versammeln können, hat der Architekt, Renzo Piano, die alten Olivenbäume stehen lassen. Den Innenraum, ein einladendes, lichtes Gewölbe aus Naturstein und Glas mit Platz für etwa siebentausend Gläubige, überspannen freitragende Steinpilaster.

»Es ist eine schöne Kirche«, sage ich.

»Es ist ein schönes Grab«, sagt meine Nonna.

Ob sie mir noch zuhört, als ich ihr erzähle, dass der Architekt der Wallfahrtskirche einen großen Platz in der Nähe meiner Arbeitsstätte in Berlin mitgestaltet hat? Dass ich neugierig darauf gewesen bin, mir sein neuestes Bauwerk anzuschauen?

»Eine schöne Kirche«, wiederhole ich und denke: Und meine Nonna hat sie mitfinanziert.

Im Laufe ihres Lebens hat sie mehrfach größere Geldbeträge nach San Giovanni überwiesen. Dreihundertfünfzigtausend Lire zum Beispiel unmittelbar nach dem Tod meines Vaters im Dezember 1991, als der Grundstein für die Wallfahrtskirche gelegt wurde. Dank der allgemeinen Spendenbereitschaft haben die Kapuziner das Geld für den Bau mühelos zusammenbekommen. Aber was für ein Kontrast zwischen diesem Hallendom und der armseligen Zelle, die Padre Pio bis zu seinem Tod im Jahr 1968 bewohnte!

Als ich ein paar Stunden später wieder bei meiner Nonna sitze, greift sie zu ihrer Brille, dann zu einem Blatt, das sie auf der Nähmaschine abgelegt hat.

»*Come è consolante il pensiero che vicino a noi sta uno spirito, il quale dalla culla alla tomba non ci lascia mai un istante, nemmeno quando osiamo di peccare. E questo spirito celeste ci guida, ci protegge come un amico, un fratello.*«

Nie zuvor hat mir meine Nonna etwas vorgelesen. Auch jetzt bezweifle ich, ob sie die Geschichte vom *angelo custode*, dem Schutzengel, der uns das ganze Leben, von der Wiege bis zum Tod, zur Seite steht, tatsächlich vom Blatt abliest oder ob sie sie, was wahrscheinlicher ist, in- und auswendig kennt. Trotzdem rührt es mich, wie sie mir hoch konzentriert, Zeile für Zeile eine Botschaft des Padre Pio näherzubringen versucht.

»Weißt du, wann ich die Geschichte vom Schutzengel zum ersten Mal gehört habe? Das war 1960, als ich in der *Casa Sollievo* in San Giovanni an der Hüfte operiert wurde. Damals lebte Padre Pio noch, das Krankenhaus war gerade eröffnet worden. In manchen Räumen fehlten noch die Türen.

Jeden Tag kam eine Krankenschwester zu mir und half mir beim Waschen und Wechseln der Kleider. Eines Tages fragte sie mich, warum ich mich so spät zu der Operation entschieden hatte. Ich erzählte ihr also, was mir passiert war, warum es so lange gedauert hatte, bis ich endlich ins Krankenhaus gekommen war. Und sie antwortete: Wenn Sie es mit diesen Komplikationen geschafft haben, all die Jahre auf dem Feld zu arbeiten, ständig auf den Beinen zu sein, Kinder großzuziehen und einen Haushalt zu führen, und das alles ohne die Hilfe einer Mutter, einer Großmutter oder einer Tochter, dann müssen Sie einen guten Schutzengel haben. Am Morgen darauf brachte sie mir diese Geschichte mit und las sie mir vor.«

Sie reicht mir das vergilbte Blatt.

»Seit jenem Tag habe ich mich immer gut behütet gefühlt. Ich habe keine Angst mehr gehabt.«

»Hast du dich nicht trotzdem manchmal allein gefühlt, seit der Nonno nicht mehr lebt?«

»*Eh*, es geht mir besser, seit ich allein bin! Und ich möchte nur so lange leben, wie ich mir noch alleine zu helfen weiß. Vielleicht halte ich noch ein Jahr durch, und wir sehen uns im nächsten Sommer wieder.«

40

»*Ave Maria piena di grazia. Il signore è con te …*«

Nach dem Erzengel Michael und dem heiligen Antonius hat auch die Heilige Maria des Lichts die Kirche verlassen. In den kommenden drei Stunden wird ihr Bildnis durchs Dorf getragen, vorneweg die Geistlichen und Ministranten, dann der Bürgermeister, eine Blaskapelle und all diejenigen, die sich der Prozession anschließen möchten. Das Ave-Maria, durch ein Megaphon verstärkt, eilt dem Gebetszug voraus.

»Tu sei benedetta fra le donne e benedetto è il frutto del tuo seno, Gesù …«

Die Sonne ist hinter den Häusern verschwunden, der Himmel wolkenlos. Staub fegt über den grauen Asphalt. Der Wind spielt mit den Blättern und mit der leeren, weißen Plastiktüte, die seit meiner Ankunft vor dem vergitterten Küchenfenster meiner Nonna flattert.

»Santa Maria, Madre di Dio, prega per noi peccatori, adesso e nell'ora della nostra morte …«

Dort sitzt sie, hält den Rosenkranz in ihren Händen und wartet darauf, dass die Madonna vorbeizieht. Von der Küche aus kann sie die Kreuzung einsehen, an der die Prozession in den *corso* schwenken wird. Die halbe Nachbarschaft steht hier Spalier, festlich gekleidete Männer, Frauen und Kinder.

»Ave Maria piena di grazia. Il signore è con te. Tu sei benedetta fra le donne e benedetto è il frutto del tuo seno, Gesù …«

Während sich die Worte in der Wiederholung verselbständigen, schaue ich zwischen den Menschen hindurch zu ihrem Haus am Ende der ansteigenden Straße, weiß gekalkt wie die Nachbarhäuser, doch mit dem Vorbau, der es aus der Reihe fallen lässt. Wo sich heute das dunkle Küchenfenster befindet, war zur Zeit meiner Kindheit noch ein Hühnerstall, in dem meine Nonna vier oder fünf Legehennen hielt, schmächtige Vögel mit schwarzweißem Gefieder, die kaum Fleisch ansetzten.

Einmal wollte sie zum Fest eines der Hühner schlachten. Da sie sich selbst nicht dazu imstande sah, bat sie meinen Nonno darum. Doch er brachte es auch nicht übers Herz, dem Huhn auf einem Holzklotz den Kopf abzutrennen. Da auch mein Vater die Axt nicht in die Hand nehmen wollte, ging mein Nonno ins Dorf und kam irgendwann mit einem gebratenen Hähnchen zurück.

»*Santa Maria, Madre di Dio, prega per noi peccatori, adesso e nell'ora della nostra morte …*«

Die Heilige Maria des Lichts kommt näher, blumenumkränzt und mit Schmuck behangen, ihr Kleid in den Nachmittagsfarben der Adria. Bei ihrem Anblick versinken die Menschen am Straßenrand im Gebet, murmeln vor sich hin oder sprechen mit fester Stimme.

»*Ave Maria piena di grazia. Il signore è con te …*«

Sicherlich betet meine Nonna jetzt mit, betet im Gefühl, verbunden zu sein, Teil eines größeren Ganzen zu sein. Im Gebet hat sie schon immer Trost gefunden.

»*Tu sei benedetta fra le donne e benedetto è il frutto del tuo seno, Gesù …*«

Die Geistlichen ziehen vorbei, die Madonna, der Bürgermeister, die Blaskapelle. Die Frau, die das Megaphon hält, beugt sich kurz zu einem kleinen Mädchen hinunter, das Lackschuhe trägt und eine Schleife im Haar.

»*Santa Maria, Madre di Dio, prega per noi peccatori, adesso e nell'ora della nostra morte …*«

Meine Nonna hat sich immer eine Tochter gewünscht. Und sie brachte ein Mädchen zur Welt, Carmela, die im Alter von drei Jahren starb. Der Hausarzt hatte dem Kind irrtümlich eine für Erwachsene gedachte Spritze gegeben.

Trotz ihres großen Kummers sprach meine Nonna mit niemandem darüber, auch nicht mit ihrem Mann. Zeit seines Lebens ließ sie ihn im Unklaren über die Todesursache seines Kindes. Vor zwei oder drei Jahren hat sie mir erzählt, sie habe meinem Nonno deshalb nichts gesagt, weil sie fürchtete, er könnte dem Arzt etwas antun. Wie hat sie dieses Schweigen all die Jahre ausgehalten?

41

»Ich verstehe nicht, warum du den Nonno zur Heirat gezwungen hast!«

Ich kann meine Frage nicht länger zurückhalten.

Als hätte sie damit gerechnet, antwortet meine Nonna ohne Umschweife.

»Ich hatte mit deinem Nonno einen Pakt geschlossen: dass er mich erst dann haben könnte, wenn er mich heiraten würde. Wir haben uns daran gehalten, vier Jahre lang, bis vier Tage vor der Hochzeit. Aber ich hatte Angst, dass er es sich noch einmal anders überlegt. Deshalb habe ich mich zu diesem Schritt entschlossen. Eine Freundin hat mich dazu ermutigt.«

»Gab es noch andere Frauen, die ihm gefielen?«

»Nein!«, sagt sie entschieden. »Dein Nonno hatte nie eine andere Freundin.«

»Aber wenn keine Nebenbuhlerin da war, warum wolltest du die Ehe dann mit Gewalt erzwingen?«

»Ich konnte nicht länger warten. Vier Jahre waren eine lange Zeit! Die Leute redeten schon, lange bevor etwas passiert war.«

»Worüber redeten sie?«

»Dass wir bald heiraten müssten.«

»Aber warum hast du nicht offen mit ihm darüber gesprochen? Du hättest ihn fragen können …«

»Ich konnte nicht länger warten!«

»Warum konntest du nicht länger warten?«

Sie streicht mit der linken Hand über ihr Haar. Ihre Stimme wird leiser.

»Ich hatte zu dieser Zeit noch andere Bewerber. Von dem Schneider aus Monte Sant'Angelo habe ich dir bereits erzählt. Aber da gab es auch noch einen Metzger. Seine Frau war im selben Jahr gestorben, und er hatte vier Kinder zwischen zwei und achtzehn Jahren, ich erinnere mich nicht mehr so genau. Ihn aber kannte ich gut, weil auch er Land in Vignanotica besaß. Bereits kurz nach dem Tod seiner Frau hatte er begonnen, mir nachzustellen. Er war siebzehn Jahre älter als ich.« Sie hat sich mir beim Reden zugewandt und die Hände beschwörend aneinandergelegt. »Er war nie gut zu seiner Frau gewesen, hatte sie immer schlecht behandelt!«

Und dann habe er von ihrer Beziehung zu meinem Nonno Wind bekommen.

»Er wollte nicht, dass ich ihn heirate, und machte mir auf der Stelle einen Antrag. Deshalb musste ich handeln.«

»Hättest du ihn nicht abweisen können?«

Sie zurrt die Enden ihres schwarzen Kopftuchs zusammen.

»Er tat alles, um mich zu bekommen, kam zu Besuch, sprach mit meinen Eltern, lauerte mir auf, bedrängte mich.«

»Was ist aus ihm geworden?«

»Kurze Zeit später heiratete er eine andere. Sie war noch

jünger als ich«, sagt sie mit gebrochener Stimme. »Verstehst du jetzt, warum ich gezwungen war, etwas zu unternehmen?«

Ich schaue meine Nonna schweigend an. Auf der Straße ein Durcheinander von Stimmen. In der Ferne die Alarmanlage eines Autos, die Bässe einer Rockband und die Karussells auf dem Rummelplatz. Das ganze Dorf liegt unter einer Geräuschglocke, doch die Zeit steht still.

»Alles ist so gekommen, wie es kommen musste«, sagt sie irgendwann. »Wir haben alle unsere Bestimmung. Jeder von uns.«

42

Mitten in der Nacht fahre ich hinunter zum Hafen. Noch als ich den Berg hinunterrolle, jagen die ersten Raketen über mich hinweg. Das angekündigte Feuerwerk beginnt mit einem Blitzlichtgewitter.

Die Kaimauer am Hafen teilt den Himmel in zwei Hälften. Über dem Gebirge und dem festlich illuminierten Dorf zerbersten blau, gelb, grün und rot die Kugel- und Blinkerbomben. Über dem tiefschwarzen Meer funkeln Kassiopeia, der Große Wagen und all die anderen Sternbilder, die seit Menschengedenken unverändert geblieben sind. Bis ich die Milchstraße wieder in einer solchen Pracht sehe, können Monate vergehen.

Über den Parkplatz am Hafen schwenkt das Scheinwerferlicht eines Fahrzeugs. Ein Pkw rollt über den Schotter. Die

Motorengeräusche verstummen, keine Stimmen, niemand steigt aus. Im schwachen Schein der Innenbeleuchtung verhängen mehrere Arme die Fensterscheiben mit Zeitungspapier.

Ein Liebespaar hat die Gunst der Stunde erkannt, ignoriert die Bilder, die am Himmel aufflammen, und feiert hinter abgedunkelten Scheiben das Fest der Liebe. Das übrige Dorf begeht den Augenblick mit einem Großfeuerwerk, das einer Metropole würdig wäre, das die bösen Geister vertreiben soll und den Tod.

Lauerte da nicht der Tod, hätte meine Nonna vielleicht geschwiegen. So aber hat sie sich mir anvertraut in der lautesten Nacht des Jahres. Morgen werde ich mit diesem verstörenden Wissen abreisen. Ich werde ihre lückenhafte Geschichte mitnehmen in ein anderes Land, wo sie mit meinem Leben zu einer neuen Erzählung verschmelzen wird.

ZEHN MONATE SPÄTER

Ich habe gerade meine Stelle bei der Zeitung gekündigt, als ich in den Gargano zurückkehre. An einem heißen Juliabend komme ich in Mattinata an. Am Morgen desselben Tages hat meine Nonna einen Schlaganfall erlitten.

»*... léte ... lemòu ...*«

Zwischen den Atemzügen haucht sie ein paar Silben über den Rand ihrer rosafarbenen Bettdecke.

»Hast du gesagt, dass du ein Zitroneneis willst?«

Mit ihrem Kopf auf dem hohen Kissen nickt sie ein leises *si*. Nach fünf Tagen und fünf Nächten, in denen sie nahezu ununterbrochen schlief, hat sie Lust auf ein Zitroneneis.

»Warte einen Moment! Ich bin gleich wieder da.«

Sie hält meine Hand fest. Ich versuche, meine Finger aus der Umklammerung zu lösen, lasse aber sofort wieder locker, als ich merke, dass ihr verknöcherter Griff nur noch fester wird.

»Ich kann dir kein Eis kaufen, wenn du nicht loslässt.«

Ihre Augen fallen zu, das hellblaue Nachthemd, das über der Brust mit lila Blumen bestickt ist, hebt und senkt sich.

Ich warte.

»*... geléte ... lemòune ...*«

Ihre Worte werden deutlicher. Doch sie lässt mich immer noch nicht gehen. Hat sie Angst davor, allein zu sein? In ihrer Wohnung hat sie sich stets sicher gefühlt. Angst hat sie nur davor gehabt, dass sie im Moment des Todes allein sein könnte.

Ich erwidere den Druck ihrer Hand. Plötzlich lässt sie los und greift nach der Decke, versucht, den Stoff zusammenzuraffen, wirft das obere Ende der Zudecke vor und zurück, bis diese schräg über ihrem Körper liegt.

Ich gehe leise aus dem Schlafzimmer, verschließe die Wohnungstür, kehre nach ein paar Minuten mit einem Zitroneneis zurück und nehme das gelbe Plastiklöffelchen aus der Folie. Frischer Zitronenduft mischt sich unter den süßlichen Geruch, der in ihrem fensterlosen Schlafzimmer steht.

Sie isst so hastig, wie sie atmet.

»Das Eis ist gut.«

Wieder krallt sich die Hand mit den vielen Altersflecken in die rosa Bettdecke, wandert hin und her, als ob sie nach etwas sucht. Ich reiche ihr ein Taschentuch, das sie gleich wieder fallen lässt.

Sie isst die ganze Portion auf.

»Ich will mehr!«

Mit dem Löffel schabe ich den flüssigen Rest vom Boden des Pappbechers und tröpfele den Saft auf ihre Zunge.

»Ich will noch ein Eis.«

»Möchtest du wirklich noch ein Zitroneneis?«

»*Si*!«

Noch einmal mache ich mich zum Eissalon auf.

»Wenn sie noch ein Zitroneneis will, soll sie es haben«, sagt schulterzuckend der Barmann, der sich wie ich über die unverhofften Gelüste meiner Nonna freut. »Zitroneneis ist das beste Eis, das wir haben. Da ist nur Zitronensaft drin, Wasser und ein bisschen Zucker, das schadet ihr nicht.«

»Gib mir das Eis!«

Sie kann es kaum erwarten.

Diesmal füttere ich sie mit einem roten Plastiklöffel.

Bevor mein Vater nach zahllosen Operationen an einem Bauchgewebetumor starb, bekam er eine unstillbare Lust auf rohen Fenchel. Ich saß im Krankenhaus an seinem Bett, schnitt mit meinem Taschenmesser Fenchelknollen in kleine Spalten und reichte sie ihm. Sein Appetit wuchs mit jeder Verlängerung des Spiels.

»Gib mir noch mehr Zitroneneis!«

Aus dem Becher ist nicht mehr herauszuholen.

»Aber sie hat schon zwei Eis gegessen.«

»Dann isst sie eben noch eins«, sagt der Barmann und macht mir mit seiner Gestik klar, dass die schönen Dinge der Welt manchmal keinen Aufschub dulden.

»Gib mir das Eis!«

Ich beuge mich über ihren abgezehrten Körper, der immer noch in derselben Stellung auf dem Bett liegt. In ihrem gekrümmten Rücken ein ganzes Leben.

Wieder isst sie alles auf.

Am Boden des Pappbechers schwimmt ein loser Kern in der Zitronenschmelze. Meine Hand ist kalt.

»Jetzt will ich keins mehr.«